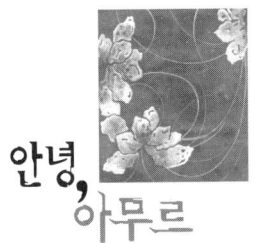

안녕,
아무르

박덕규 창작극집

안녕, 아무르

2010년 2월 20일 1판 1쇄 인쇄 / 2010년 3월 2일 1판 1쇄 발행

지은이 박덕규 / 펴낸이 임은주 / 펴낸곳 도서출판 청동거울
출판등록 1998년 5월 14일 제13-532호
주소 (137-070) 서울 서초구 서초동 1359-4 동영빌딩
전화 02)584-9886(편집부) 02)523-8343(영업부)
팩스 02)584-9882 / 전자우편 cheong1998@hanmail.net

편집주간 조태봉 / 편집 김은선 / 마케팅 배진호 / 관리 김은란

ISBN : 978-89-5749-129-4 (03810)

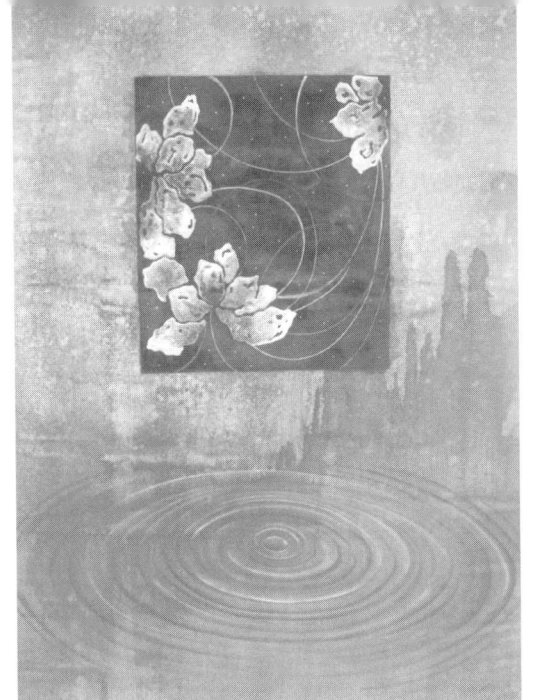

안녕, 아무르

박덕규 창작극집

청동거울

작가의 말

이 책에는 세 편의 창작극 극본이 실려 있는데, 그 성격이 조금씩 다르다.

우선, 3인극 형식의 소품에 해당하는 「팽이의 춤」은 최문자의 시 「팽이」를 중심으로 '팽이', '돈다', '구른다' 등의 이미지를 두드러지게 내세우고 있는 시 작품들, 즉 김수영의 「달나라의 장난」과 황동규의 시 「나는 바퀴를 보면 굴리고 싶어진다」를 서로 연계하면서 고통스런 현실에서 도피하지 않고 그 고통에 힘차게 저항해 내고 있는 시적 정신을 그린 일종의 이미지극이다. 이 악물고 아픔을 참아내고 있는 사람의 신음소리와 뒤틀리는 표정을 생살을 앓는 듯한 감각에 기대 독특한 풍경으로 빚어내고 있는 최문자 시를 무대로 올리는 시극이기도 하다. 처음 극본으로 발표할 당시에는 '비평시극'이라는 이름을 붙였는데, 내용 중에 여러 비평가들의 시론이 동원되고 있고, 또 실제로 시에 대한 비평적 태도를 강하게 유지하고 있다는 뜻에서였다.

「시 뭐꼬?」는 '시란 무엇인가' '삶이란 무엇인가' 하는 근원적인 질문을 던져온 시인 김달진의 시와 생애의 특징적인 면모를 극화한 것으로, 김달진 시인 탄생 100주년과 제12회 김달진문학제를 기념

하는 특별공연을 창작되고 제작·실연되었다. 김달진의 여러 편의 시를 비롯 김달진문학상을 수상한 시인들의 시, 두 편의 김달진론, 어린이들의 백일장 입상작 등이 낭송·노래되기도 하고, 새로 창작한 노래말들이 노래로 불려지기도 했다. (여기에 설진환 작곡의 악보 여러 편을 수록한다.) 그 밖에도 춤과 수화·공차기·홀라후프 놀이 등 다양한 기예가 동원된 총체적 뮤지컬이라 2007년 진해시민회관 초연 당시 '퓨전 뮤지컬 시극'이라 이름을 붙여 보기도 했다. 문학작품을 극으로 이어간 내 시도의 첫 결실로 현장에서 '기립박수급' 호응을 얻었다고 생각되는데, 바로 재공연 계획이 있었음에도 이후 뜻을 이루지 못해 못내 아쉽다.

표제작인 「안녕, 아무르」는 2010년 초연을 앞두고 있는 미공개작으로, 세 편 중 가장 시사성이 강한 창작극이다. 각각 자신의 사랑을 잃은 두 남녀가 새로운 인연으로 사랑을 쌓아가는 과정을 그린 러브스토리라 대중적인 흥미도 끌 수 있을 것으로 기대된다. 여기에 한국·중국·러시아를 배경으로 한 다채로운 이동 경로, 탈북 새터민과 중국 유학 인솔자, 미술품 경매자 같은 특이한 캐릭터 등으로 만만치 않은 역사문화적 정보와 지식을 드러내고 있어 색다른 볼거리가 되지 않을까 싶다. 21년 전 창작한 시 「란강의 추억」이 기본 모태가 되고 있고, 그보다 더 오래 전에 쓴 시 「애인이 물이 되어 흐르고」가 함께 활용되고 있는데, 더 나아가 십여 편의 새로운 노래를 작사해 이번에 선보인다. 내심 「김종욱 찾기」(장유정 작. 연출) 이후 국내 뮤지컬의 한 돌파구가 된 '소극장 뮤지컬' 대열에 출사표를 던진다는 각오도 있다.

「안녕, 아무르」는 조만간 공연으로 대중을 만나게 될 것이라 지금 이 시간에도 나를 설레게 하고 있다. 「시 뭐꼬?」는 아직 구체적인 재공연 일정을 못 잡은 상태이고, 「팽이의 춤」은 이 지면이 첫 공식 지면이나 다름 없어 공연 기회를 잡기가 요원하다. 이런 정도인데도, 문학작품을 주로 써 온 사람으로 최근 몇 년 변변한 창작집 하나 꾸려 내지 못하고 있으면서 공연계까지 자꾸 기웃거리고 있으니 이게 옳은 일인가 잘 모르겠다. 상상한 것이 있으면 일단 표현하고 보자는 변치 않는 내 무분별한 욕심도 문제고, 정작 어느 장르 하나 똑부러지게 매조지지 못하고 있는 내 엉성한 우유부단도 문제이겠다.

이 책의 글들은 극본이라고는 하나 그래도 문학작품을 응용하고 또 새롭게 창출도 하는 여태까지의 글쓰기를 아울러 행하는 작업이라는 점에서 자긍심도 자주 일었다. 보아라, 여기 시도 있고 소설도 있고 비평도 있는 그런 드라마가 눈앞에 펼쳐지고 있지 않은가, 하고 말하고 싶을 때도 많았다. 또한 공연과 관련 없이 '재미있게 읽을 수 있는 공연물'이라는 것도 가능하다는 생각으로 처음 쓸 때부터 보기 좋고 읽기 편하게 쓰고 편집했다는 점도 알아주었으면 한다. 이 중 어떤 작품은 '문학교육용'으로 함께 읽혀도 좋겠다는 생각도 해본다.

「시 뭐꼬?」가 공연되고 「팽이의 춤」이 극본으로 발표될 때 숨기지 않고 박수쳐 준 분들이 계셔서 (또는 그 이전 오페라 「정조대왕의 꿈」이 공연되고, 뮤지컬 「윤동주의 하늘과 바람과 별과 시」가 극본으로 발표될 때 적극 호응해 준 분들이 계셔서) 문학 독자를 얻고 확인하는 느낌과는 전혀 다른 기쁨을 경험해 보았다. 이제 이 책으로도, 또 「안녕, 아무르」 공연 때도, 그리고 언제가 될지 모르지만 내 다른 작품들이 공연으로 이어질 때도 그런 분들을 많이 만났으면 좋겠다.

내 복잡한 발간 이력에 또 한 줄의 특별한 이력이 이렇게 보태진다.

2010년 2월 박덕규

차 례

안녕, 아무르

안녕, 아무르

울고 웃는 사랑과 쫓고 쫓기는 모험의 스토리

계속되는 경제적 위기, 국제사의 변동에 따른 가족 이산, 자본주의적 삶의 불균형, 가시화된 인간 복제 시대의 원초적 인간 불안 등 뒤숭숭한 현실의 부조리함을 직시하는 것이 깨친 자의 운명일 것이다. 그러나 이런 환경에서 별로 가진 것도 없고 뻐길 만한 것도 없는 인생들이 서로 밀고 당기며 견제와 연민으로 살아가고들 있지 않은가.

어렵고 힘든 시간에 눈뜨고 저항하면서도 이리저리 어울려 울고 웃는 것이 바로 인생이라는 사실을 누구에게나 흥미로운 주제인 남녀간의 사랑과 모험의 스토리로 보여 주려니, 여기에 실연과 그리움의 시어들이 동원되고 노래와 춤이 뒤섞여 들었다.

아내를 찾는 새터민과 떠난 애인을 찾는 학원 강사

탈북 새터민으로 함께 강을 건너 탈출하다 실종된 아내를 잊지 못하고 있는 남자(미술품 판매상)와 사랑할 수 없는 관계의 유부남 애인(화가)이 외국으로 떠나 연락이 두절된 뒤 그를 잊지 못하고 있는 여자(미술학원 강사)가 자신의 잃어버린 사랑을 찾아다니다가 우연히 만나 서로 싸우며 사랑을 느끼고 확인해 간다.

인간에게는 영원히 채울 수 없는 사랑의 자리가 있다. 그래서 인간은 외로운 거다. 대개는 그 사랑이 채워지기를 기대하며 살지만, 어떤 이는 그 사랑을 찾아 끊임없이 모색의 길을 들어선다. 그러나 그 사랑은 과연 누구에 의해 어떻게 채워질 수 있는 것일까? 그 사랑은 어쩌면 영원히 채워지지 않을지도 모른다. 다만, 그 사랑을 찾고 있는 내 곁에 우연히, 또는 숙명처럼 와 있는 그 사람이 사랑의 이름으로 함께 길을 걷고 있는 것일 뿐.

등장인물 : 남자와 여자, 또 남자와 여자……

남자(34세)네는, 일가족이 북한에서 골동품을 가지고 탈출해서 남한에 정착해 살고 있다. 북한을 탈출할 때 아내가 실종됐다. 어머니와 같이 골동품상을 하면서 중국과 북한 쪽 골동품을 몰래 사들여 팔면서, 실종된 아내를 수소문하고 있다. 가끔 미술품 경매장에 와서 그림과 조각을 사기도 하는데, 그럴 때마다 강물 그림에 현혹되어 경매에 응찰한다. 가끔 골동품을 밀수입하기 위해 중국을 드나들면서 아내를 찾아 국경을 넘어 간다.

여자(34세)는 미술학원 강사를 하면서 그림 수집을 한다. 애인 관계이던 유부남 화가가 중국 취재 중 실종된 뒤, 애인이 휴대폰으로 보내준 마지막 강 그림을 품고 지내며 그 이미지를 찾아다닌다. 가끔 그림과 사진작품을 구매하기도 하는데, 그럴 때마다 강물 그림과 사진에 현혹되어 경매에 응찰하지만 자금 부족으로 번번이 좌절한다. 한국 학생들을 중국으로 유학을 시키는 업무를 맡아 중국을 방문했다가, 애인을 찾아 국경을 넘어 간다.

남자와 여자는 서로 자신이 잃어버린 대상을 찾는 과정에서 미술품 경매장에서 우연히 부딪친다. 두 사람은 사랑의 흔적을 느끼게 하는 그림을 구하려다 도둑으로 몰린다. 이후 두 사람은 돈도 벌고 사랑도 찾아갈 겸 중국 유리창 거리를 답사하다가 다시 중국 공안에 잡힐 뻔하는 위기를 겪으며 서로의 비밀을 알아간다. 우여곡절 끝에 둘은 러시아 아무르강 가에서 조우하고, 결국 각각 자신의 짝을 되찾지 못하고 서로 의지하는 사이가 된다.

두 남녀의 우연한 만남에 다양한 인물들이 넘쳐난다. **경매장 진행남녀, 중국 공안남녀, 중국 상인과 행인들, 아무르강 여자손님, 고려인 남자, 러시아 경찰여** 등이 그들로 모두 1인 다역을 해도 좋다. 이렇게 되면, 스토리상에서는 2인 주인공이지만, 공연상에는 4인 주인공의 뮤지컬이 된다.

역사 이야기도 있고, 강 풍경도 있는

사회주의 체제의 붕괴 이후 해외여행의 자유를 누리게 된 한국, 극심한 식량난으로 많은 주민들의 탈출에 전전긍긍하는 북한. 이렇게 분단된 나라 사람들이 이웃한 중국과 러시아의 역사와 문화를 배경으로 서로 새로운 관계를 형성해 간다. 세계로 수출되는 한류 문화, 국제적으로 관광상품이 될 정도가 된 중국의 '짝퉁문화', 개방의 자유와 혼돈 속에 새로운 질서를 엮어가는 러시아 거리문화 등 동북 북방 3국의 역사와 문화가 이 남자와 여자가 엮는 러브 스토리의 배경이 된다.

남자와 여자의 아픈 과거는 '강'의 이미지에 연계해 묘사된다. 남자는 가족과 함께 두만강을 건너 북한을 탈출하다가 아내를 잃었다. 여자는 강물 풍경을 즐겨 그리는 화가 애인이 중국을 취재하던 중 강 그림을 송신하고 실종된 뒤 방황한다. 둘은 강의 이미지를 담은 그림 구경하기를 즐기고, 그런 그림을 소장하고 싶어한다.

두 사람이 그림을 좋아하는 만큼 다양한 그림 작품들이 제공된다. 피카소, 루벤스, 박수근, 이중섭, 이우환, 백남준 등의 그림도 소개되고, 특히 북한 출신의 화가 그림이 많이 소개된다. 또한 다양한 미술 상식도 거론된다.

구성

프롤로그

안개 낀 새벽 강에 나와 누군가를 찾고 있는 남자와 여자.

제1막 미술품 경매장에서

남자와 여자는 미술품 경매장에서 좋은 그림을 보고 사려 하지만 돈이 없어 사지 못하고 번번이 절망한다. 마치 최고가의 그림을 살 수 있는 수준인 것처럼 화려하게 귀족 차림으로 차려입은 두 사람이, 실은 싸구려 그림 한 점 사기 힘든 처지임이 드러난다. 경매를 끝난 뒤 남자와 여자는 경매장 창고로 들어가 그림을 훔치려다 서로 부딪친다. 그 창고에서 경매장 진행남녀가 밀회를 속삭이다가 발각되기도 한다.

제2막 중국 베이징 유리창 거리

골동품상점에서 밀수입을 하는 남자와, 중국 유학을 시키려 온 학생들에게 관광 안내를 하고 있는 여자가 서로 만난다. 남자는 여자가 유학 사기를 하고 있다는 걸 알아채고, 여자는 남자가 밀수업자라는 것을 알아챈다. 결국 두 사람은 유리창 거리에서 고가의 물건을 탐내다가 또 쫓기는 신세가 된다. 중국 공안 남녀에게 쫓기면서 서로를 알아가면서 연민을 느끼게 되는 남자와 여자.

제3막 러시아 하바롭스크 아무르 강변

남자는 초상화 노점을 하면서 아내를 찾으려 하고 있고, 여자는 애인이 그림을 그리던 흔적을 찾아냈다. 고려인 남자는 남자와 여자에게 뒷돈을 받으며 두 사람의 청을 들어주고 있지만 믿지 못할 인물이다. 호송되는 밀입국자들 사이에서 실종된 아내와 애인을 찾아보려는 두 사람은 깊어가는 아무르 강에 울려퍼지는 총소리를 들으며 눈물을 흘리게 된다. 서로의 처지를 깊이 이해하게 된 두 사람이 함께 의지하며 길을 떠난다.

일러두기

본문에 거명되는 작가와 작품은 주로 실명이지만 일부는 적당히 가공하기도 했다.

배우의 대사 중에서 편한 일상어는 줄글 형식으로, 일부 내용은 운율이 있는 시행 형식으로 나열했다. 이 중 노래말과 시는 모두 굵은 글씨로 명기했다.

프롤로그

희미한 어둠.
마치 새벽강에 안개가 낀 듯.

무대 전체가 강변의 물안개 속인 듯도 하고, 아니면 그런 강 풍경을 담은 그림 같기도 하다. 뭉글뭉글 안개가 흐르는 기운처럼 은은하고 애잔하게 흐르는 음악.
남자, 안개를 밟고 나오듯 등장한다.

남자 (심각하다. 시 「란강의 추억」 1-2연 낭송하며)
　　내 눈물 마르거든
　　울어주렴 봄새야. 목 다 쉬거든
　　봄풀아 파란 눈 깜빡여주렴.

　　해란강 봄물가

봄이끼 놀 때
장수 잃은 빈 말 서성이네.

남자는 천천히 강 풍경 속의 일부가 되어간다. 안개가 남자의 몸을 휩싸고, 무대는 안개 속에 잠긴다. 비장해지는 음악. 한쪽에서 시 「애인은 물이 되어 흐르고」 1-2연을 낭송하며 걸어나오는 여자.

여자 우리 애인, 물을 사랑해.
지난 여름엔 강가로 갔지. 수심이 깊은 만큼
물살이 세고 사랑도 깊어, 잠겨
돌아오지 않았어.

애인은 물을 사랑해, 비 오는 날에는
창문에 박혔다 흘러내리는 것을 황홀하게
본다. 우산을 세우고 오히려 우산 밖에 서서
살갗에 닿았다 흐르는 물을 따라

여자가 강 풍경 속에 자신이 들어가 놓일 자리를 찾다가, 남자와 시선이 마주친다.

남자, 여자 아니······(서로 알 듯 모를 듯)

둘은 이내 돌아서서 다시 강 풍경을 살핀다.

애써 서로를 의식하지 않고 풍경 속에서 무언가를 찾고 있는 듯 헤맨다.
얼핏, 부딪쳤다 다시 풍경에 젖는다.

두 사람, 「란강의 추억」과 「애인은 물이 되어 흐르고」의 이어지는 부분을
모두 낭송한다.(시 낭송은 의미 전달 목적이 아니므로, 분위기에 따라 적당히
완급을 조절한다.)

남자 사람의 갈비 속
　　　기억을 쌓는 창고가 있어
　　　그 문을 열면 썩은 곰팡내.

　　　톱밥안개
　　　뾰족돌 폭음탄
　　　아픔은 없고

　　　구름 지고도 오랜 뒤에야
　　　때때로 가는 비
　　　오관(五官)을 적시며 흘러나니

　　　이른 봄날 아침
　　　영혼은 휘파람, 껍데기 사내가
　　　란강의 추억 안에 들어와 눕는다.

여자 (빠르게)

　　애인은 물이 되어 흐르고.

　　가뭄의 긴 긴 날에 애인의 눈물샘에

　　그렁그렁. 그 여름날의 마른 강가의 슬픈 사랑.

　　마침내 눈물 흘러 강바닥을 적시고.

　　어느 날은 산에 들에

　　기쁨처럼 넘치는 큰물, 나무들은

　　다투어 강물에 몸 던지고, 돼지들의 웅성거림.

　　초가와 양옥들이 물 위에 모여 놀았었네.

　　오, 애인은 물을 사랑해. 수심이 깊은 대로

　　잠겨 흐르고, 책과 옷가지도 모두 지닌 채 지난 여름

　　강가로 갔었네. 흐르면 흐르는 대로 기뻐 울며

　　흘러 돌아오지 않는 물이 되어.

　　흘러 돌아오지 않는 물을 내 더욱 사랑해.

　조명에 따라 무대 풍경은 때로 현란한 불빛을 자랑하는 야경이 되기도 하고, 삭막한 겨울강이 되기도 한다. 안개 속을 헤치며 강을 건너가는 누군가의 희미한 모습이 보이기도 한다. 모습이 바뀔 때마다 남자와 여자는 호기심 어린 눈빛으로 상대에게 집중한다. 위치를 서로 바꿔가며 풍경에 집중하는 남자와 여자. 서로 맞부딪치다 짜증을 내기도 하고, 서로 절박한 처지를 이해해

22

주기도 하고. 전에 본 사람이라는 듯 서로 반기기도 한다.

　풍경이 바뀔 때마다 기대와 아쉬움의 탄성을 이어가는 두 사람.
　때로는 실의에 빠졌다가, 때로는 주먹을 불끈 쥐어 보기도 한다. 천천히 풍경을 헤쳐 나오며 노래를 부르는 두 사람.
　조명을 받으며 모습을 바꾸어 가는 무대.

　「강 건너 돌아오지 않는 사람」 전주곡이 흐르고.
　풍경 둘레를 도는 남자와 여자.

남자　(노래) 보이나요 들리나요
　　　내 가슴속으로 흐르는 강물.

여자　(노래) 길을 걷다보면 어디선가
　　　강물 흐르는 소리가 들려요.

남자　(노래) 나는 밤마다 그 강으로 걸어가지만
　　　그 강은 아득히 저 멀리 흘러가고 있지요

여자　(노래) 그 강을 건너는 나룻배 소리도 들리고
　　　날개를 퍼덕거리며 나는 새소리도 들려요.

남자　(노래) 안개가 자욱한 강이지요.

그 안개 속으로 누군가 걸어들어가죠.

여자 (노래) 귀를 막고 길을 걸으면
　　　　　강물 위에 드리운 그림자가 보여요.

남자 (노래) 나는 여기서 손을 흔드는데
　　　　　그 사람은 안개 속으로 걸어들어가
　　　　　강물 속에 잠기지요.

여자 (노래) 강물 위를 건너는 배
　　　　　누군가 노 저어 가는 배
　　　　　안개 속으로 사라져가는 배

남자, 여자 (함께 노래) 보이나요 들리나요
　　　　　내 가슴속으로 흐르는 강물
　　　　　강물 속으로 안개 속으로 떠나가는 사람

남자 (노래) 나는 여기 있는데

여자 (노래) 그 사람은 강물 속으로 가고

남자, 여자 (노래) 그 사람 강물 속으로 강물 속으로
　　　　　보이나요 들리나요

강물 속으로 떠나는 사람

아, 돌아오지 않는 사람

점점 희미해지는 무대.

암전.

제1막
미술품 경매장에서

한 부분씩 조명이 켜질 때마다 무대에 세워진 미술품이 모습을 드러낸다. 주로는 그림이지만, 사진작품도 몇 보이고, 조각상도 있다. 도무지 작품인지 뭔지 알 수 없는 조형물도 있고, 밀레나 고호의 세계 명작이며, 이중섭, 박수근 그림과 백남준의 비디오아트도 보인다. 미술품 사이에서 경매 진행자 여, 품위 있는 무대복으로 등장한다.

진행여 (노래) 은행가들은 모여서 예술을 논하고
　　　　　예술가들은 모여서 돈을 논한다지만,
　　　　　오늘 이 자리에는 재벌도 있고, 예술가도 있지.
　　　　　국립대 교수님도 있고, 살림하는 주부님도 있지.
　　　　　(관람객을 가리키며) 아, 이건희 회장님! 안녕하세요!
　　　　　어머, 백남준 선생님도 오셨네요.
　　　　　국회의원 장자방 선생님도, 네네,
　　　　　도서출판 민음사 김범정 부장님.

현대건설 자재과 도영희 과장님.

(실제 관람객으로 와 있는 사람을 호명)

아, 저 분은 DJ. (흉내) 아, 여거가,

미술품 경매장이라는 거인디, (경매 작품을 둘러보는 시늉)

이것이 조각이여, 아님 그냥 동상이여?

예, 잘 오셨습니다. 반갑습니다. 고맙습니다.

굽신거리고 인사하는 사이, 다른 쪽에서 등장하는 경매 진행자 남. 역시 품
위 있는 무대복.

진행남 (노래) 강인한 육체는 무용담을 낳고

뛰어난 영혼은 예술을 낳는다지만,

오늘 이 자리에는 군인도 있고 시인도 있지.

미대 졸업반 학생도 있고 중화요릿집 주방장도 있지.

(관람객을 가리키며) 아, 저기, 군인 아저씨, 충성!

아, 역시 박수근 화백, 이중섭 화백 다 오셨구요.

시골의사 박경철 박사, 공익근무요원 싸이 씨도 오셨고,

제 단골주점 도이치하우스 서인숙 주모도 오셨고.

으이? 저 분은, 백담사에서 언제 오셨나?

(흉내) 음, 본인은, 가진 건 달랑 2십만원이지만,

마음만은 부자일 뿐이고…… 음, 오늘(경매 작품을 둘러보는 시늉)

최고가로 나온 것이……, 으음 이건가? 이게, 평당 1억쯤 되나?

하하하. 어쨌든 감사합니다. 고맙습니다.

진행여 (노래) 은행가들은 모여서 예술을 논하고
　　　　　예술가들은 모여서 돈을 논한다지만
　　　　　이 풍성한 예술품 앞에서는
　　　　　우리는 모두 친구가 되지!
　　　　　오, 예술의 고고한 정신이
　　　　　우리들 마음에 평원을 이루네.

진행남 (노래) 강인한 육체는 무용담을 낳고
　　　　　뛰어난 영혼은 예술을 낳는다지만,
　　　　　이 풍성한 예술품들 앞에서는
　　　　　모두 친구가 되지.
　　　　　오, 예술의 고고한 정신
　　　　　우리들 마음의 평원!

진행남녀 (여 노래) 은행가들은 모여서 예술을 논하고
　　　　　예술가들은 모여서 돈을 논한다지만
　　　　　(남 노래) 강인한 육체는 무용담을 낳고
　　　　　뛰어난 영혼은 예술을 낳는다지만,
　　　　　(남녀 후렴) 이 풍성한 예술품들 앞에서는
　　　　　모두 친구가 되지.
　　　　　오, 예술의 고고한 정신이
　　　　　우리들 마음에 평원을 이루네.

진행남 자, 오늘 우리 영광옥션에서 올 들어 처음으로 개최하는 오프라인 경매에 오신 여러분, 정말 잘 오셨습니다.

진행여 이미 2주 전부터 공개 전시를 해서 관람을 하신 분은 잘 알고 계시겠지만, 오늘 경매에 나온 작품들은 최근 10년 내로는 만나기 어려운 아주 뛰어난 작품으로부터 지금까지 국내에서는 한 번도 소개되지 않은 희귀한 미술품들까지 아주 다양합니다.

　미술품 사이를 오고가며 설명하는 진행남여.

진행남 장르도 정말 다양하죠? 구상-비구상.

진행여 서양화-한국화.

　여자, 헐레벌떡 무대 한켠에서 관람석을 헤치고 빈 좌석으로 들어와 앉는다. 여기저기서 불평하는 소리가 난다.

진행남 포스트모더니즘-미니멀리즘.

진행여 리얼리스틱!

진행남 판타스틱! (본토 발음!)

진행여 고전.

진행남 현대.

진행여 회화도 있고, 조각품도 있죠.

남자가 헐레벌떡 무대 다른 한 켠의 관람석을 헤치고 빈 좌석으로 들어와 앉는다. 남자 때문에 여기저기서 불평하는 소리가 난다.

진행남 자, 그리고, 더 중요한 것 한 가지! 2주 전부터 전시해 온 것 외에도 이 자리에서 처음 공개하는 작품도 있다는 것!

남자, 여자 등 놀라는 관람객.

진행여 (짐짓 질문) 처음 공개하는 거라면, 소문 내지 않고 숨겨야 할 정도로 대단한 작품이라는 건가요?

진행남 (짐짓 죄송하다는 듯) 사실 이건 처음부터 공개하면, 너무 시끄러워서…….

진행여 하지만, 오늘 갑자기 내놓는 작품을 어떻게 믿고 구매하나요?

진행남 우리 영광옥션은 지난 10년 간 단 한 점도 위작을 경매한 적이 없는 경매회사죠!

진행여 (슬쩍 돌아서서) 지난번에 박수근 화백 그림이 위작 시비에 휘말렸…….

진행남 (당황하는 시늉) 에이, 참! (조용히 하라고 힐난) 그, 그건…….

진행여 그렇죠. (이내 밝아진 표정으로) 그건 결국 경쟁사의 무고라는 게 밝혀졌지요. 그런 것 말고는 단 한번도 위작 시비에 휘말린 적이 없죠.

진행남 (당당해진 표정) 그럼, 한국 최대의 순결주의, 순혈 전통 경매 옥션! 영광 옥션!

진행여 영광 옥션! 망설일 것 없이 바로, 첫 작품부터 그런 보물 중의 보물로 경매 들어갑니다. 여러분. 과연 이런 작품이 어떻게 이런 자리에 와 있나 싶은 그럼 작품입니다. 준비되셨지요? 첫, 작품은…….

진행남 아, 잠깐 잠깐…… (앞에 나온 미술품들 뒤에 세워둔 그림 한 점을 앞으로 밀고 온다.)

진행여 준비되셨죠? 오늘 놓치면 후회하십니다. 자, 최초 응찰가는 5백만원입니다. 자⋯⋯.

진행남녀 하나, 둘, 셋!

진행남이 작품에 씌워둔 막을 벗기자 관람석에서 탄성이 울린다. 한복 입은 소녀들이 널뛰는 장면을 그린 「판상무도」라는 운보의 그림이다. 여기저기서, 운보, 김기창, 판상무도⋯⋯ 이런 소리를 낸다.

진행남 아, 이 그림은 저 유명한 바보 산수화가, 운보 김기창 선생의 알려지지 않은 그림! 제목이 「판상무도(板上舞蹈)」입니다. 판 위에서 춤춘다는 말, 즉, 옛날 규방의 아낙네들이 바깥세상을 몰래 구경하고 싶어서 텅, 하고 발돋음해서 높이 뛰어 허공에서 담 너머 풍경을 감상했다는 그 널뛰기!

진행여 널뛰기!

잠시, 널뛰기 흉내를 내는 진행남, 진행여. 웅성거리는 사람들 사이에서 서둘러 패들에 5백만을 기입하다가 주위 눈치를 보면서 510만 원을 기입하는 남자. 여자는 재빨리 550만 원을 쓴다.

진행여 아, 운보! 바보 산수화의 대가 운보 선생한테 이런 그림이 있었군요! 비단에 채색을 했지요. 세로 90cm에 가로 120cm, 대작은 아니지만, 이만하면 대단하죠. 이 작품이 만일 화선지 그림이라면 이건 최초 응찰액이 5천만 원은 된다는 게 전문가들 견해입니다. 아쉽게도 비단에 그린 그림이고 크기가 작아서, 일단 5백부터. 자, 갑니다!

진행남 아, 벌써, 550만, 아, 700만, 우와 1500만 원!

　남자, 급히 패들을 지우고 2000만원을 쓰려는데…….

진행여 저기 벌써 2500만 원!

　여자도 급히 패들을 지워 보지만, 이미 전의 상실…….

진행남 자, 7천만원, 7천만원 나왔습니다.

진행여 아, 8천, 아, 저기 8천5백…….

진행남 아 역시, 운보죠! 대한민국 국보 미술가 운보! 드디어 1억 넘어서 1억 2천! 대단합니다. 1억 2천! 더 없으십니까? 1억 2천!

진행여 1억 2천!

진행남 1억 2천! 네, 1억 2천 낙찰됐습니다. 운보 선생의 「판상무도」! 1억 2천에 낙찰됩니다.

요란한 팡파레가 울리고, 무대는 한 차례 조명 잔치가 벌어진다. 진행남여가 그림들 사이를 돌며 좀전의 노래를 반복한다.

진행여 (노래) 은행가들은 모여서 예술을 논하고
    예술가들은 모여서 돈을 논한다지만
    이 풍성한 예술품 앞에서는
    우리는 모두 친구가 되지!
    오, 예술의 고고한 정신이
    우리들 마음에 평원을 이루네.

진행남 (노래) 강인한 육체는 무용담을 낳고
    뛰어난 영혼은 예술을 낳는다지만,
    이 풍성한 예술품들 앞에서는
    모두 친구가 되지.
    오, 예술의 고고한 정신
    우리들 마음의 평원!

남자와 여자, 한쪽으로 몰려 있다가 노래에 끼어든다.

남자, 여자 (어노래) 은행가들은 모여서 예술을 논하고
    예술가들은 모여서 돈을 논한다지만

(남노래) 강인한 육체는 무용담을 낳고
　　　　뛰어난 영혼은 예술을 낳는다지만,

남자, 여자, 진행남녀 (후렴)이 풍성한 예술품들 앞에서는
　　　　모두 친구가 되지.
　　　　오, 예술의 고고한 정신이
　　　　우리들 마음에 평원을 이루네.

　　무대 가운데로 조명이 몰리면, 그림 「독도 갈매기」가 서 있다.

진행여　이번 그림은, 공개 전시 때도 상당한 화제를 모은 작품이죠.
우리 민족의 자존심 독도을 집중 탐험한 작가 장원복의 「독도 갈매
기」, 캔버스에 유채, 세로 120cm, 가로 180cm.

진행남　최초 응찰가 1000만 원입니다.

진행여　자, 역시 대단하신 안목입니다. 장원복 작가는 중견에서 대
가급으로 오르는 작가이지요. 벌써 3천만 원 나옵니다.

　　2천이라 쓴 패들을 들었다가 주눅이 든 남자. 1천이라 쓴 패들을 허공을 가
볍게 던졌다 내려놓는 여자. 허탈하다.

진행남　3천 2백 나왔군요.

진행여 3천 5백까지 오르는군요. 아, 4천 계시네요, 4천!

진행남 4천 5백!

진행여 4천 8백!

진행남 4천 8백!, 4천 8백! 아, 4천 8백이군요!

　조명이 어두워졌다 밝아지면, 다시 다음 그림. 이왈종 화백의 「서귀포」.

진행남 이왈종 화백, 다 아시죠? 우리 나라 문학인들이 가장 좋아하는 작가!

진행여 (빠르게) 경기도 화성 출생으로 서울에서 왕성한 활동을 하다가 제주도에서 작품하면서 한국적인 것의 한 극에 도달한 작가!

진행남 우리 전통의 오방색으로 가장 현대적인 한국의 미를 창조한 작가!

진행여 벌써 숫자 쓰시느라 바쁘시군요! 최초 응찰가 2천만원! 시작합니다.

진행남 2천 5백!

진행여 오, 벌써 3천!

진행남 4천!

진행여 5천!

진행남여, 관람석을 상대로 부지런히 경매를 진행하는 동안, 남자와 여자가 절망에 빠진다. 조명은 각각 두 사람을 향하고, 진행남여가 경매하는 목소리가 요란하다. 김준권 화백의 목판화 「산」, 박항률 화백의 「소녀」, 변종곤 화백의 「부서진 활주로」, 5천, 4천, 8천, 1억 하는 소리가 뒤섞인다. 밀레, 레오나르도 다빈치, 모네, 고호, 고갱, 세잔느, 피카소…… 세계 유명 화가 이름도 마구 섞인다.

그 사이, 남자와 여자 무대 가운데로 나와 노래한다.

여자 (노래) 전문대 심화과정 졸업하고 사회에 나와
　　　경력 10년에 월 2백만원 봉급 받아
　　　집세하고 관리비가 60이요,
　　　식대가 40, 중고 승용차 연료비에 수리비가 50,
　　　세탁비 5만, 경조사비 10만, 회식비 10만,
　　　엄마한테 20만원 부치는 효녀!
　　　수수한 내 옷차림, 공주 드레스 같다던 남자친구
　　　아주 동양적인 내 몸매, 푸근하다던 연하남자

내 앞에서 휴대폰 게임 하며 탄성! 고개 돌려 하품!

오, 이제 진정 내게는 사라지고 없나,

오, 피카소의 걸작 「아비뇽의 처녀들」 같은 내 자유,

르노아르의 우아한 「피아노 앞 소녀들」 같은 내 영혼!

남자 (노래) 새벽같이 일어나 지옥철 타고 출근

하루 종일 위에서 내리치고 밑에서 치받지.

퇴근하고 집에 오면 여덟시 반.

회식이라도 하는 날엔 그냥 녹초.

봉급은 아내 통장으로 직행.

특근 수당 꼬불쳐 둔 걸로 으험! 큰기침!

나는 한 가족의 가장. 한 가족의 태양.

마누라 생일, 양가 부모님 선물, 가족 외식, 주말 여행,

여름 피서 휴가, 봄방학 특별 가족여행 모두 내가 앞장서지.

인터넷에서 할인권 다운 받아, 전람회 구경.

오, 고흐의 「별이 빛나는 밤에」는 밤하늘에만 있고

모네의 은은한 「수련」 그림은 공원 연못에만 있네.

진행남여가 둘의 노래에 끼어든다.

진행여 (노래) 수수한 내 옷차림, 공주 드레스 같다던 남자친구

아주 동양적인 내 몸매, 포근하다던 연하남자

내 앞에서 휴대폰 게임하며 탄성! 고개 돌려 하품!

오, 이제 진정 내게는 사라지고 없나,

여자 (노래) 오, 피카소의 걸작 「아비뇽의 처녀들」 같은 내 자유,
　　　　 르노아르의 우아한 「피아노 앞 소녀들」 같은 내 영혼!

진행남 (노래) 오, 고호의 「별이 빛나는 밤에」는 밤하늘에만 있고

남자 (노래) 모네의 은은한 「수련」 그림은 공원 연못에만 있네.

갑자기 암전.
시간이 흐른다.

어디선가, 젊은 남녀가 서로 안고 어울리는 소리. 희미하게 들리는 걸 보니 진행남여 같다. 사람들이 모두 사라진 경매장에 남은 작품들이 어지러이 세워져 있고, 둘은 미술품을 정리하다 말고, 서로 눈이 맞은 듯한 복장이다.
에로틱한 그림 앞에서 분위기가 묘해졌다.

클림트의 「키스」 그림 앞에서 '키스' 포즈를 취하고 있는 진행남여.

점점 애무가 진해진다.
거의 반라 상태.

그때, 캄캄한 어둠 속에서 누군가 비추는 랜턴 불빛이 무대를 이리저리 비

춘다. 얼른 그림 뒤로 몸을 숨기는 진행남여.

　랜턴을 들고 조심스럽게 나타나는 남자. 어깨에 가방을 멘 채다. 그림 속을 헤매다 강물을 그린 그림 앞에 걸음을 멈춘다. 찾고 있었던 그림이다.

　랜턴을 들고 그림을 들여다보는 남자. 그림을 가지고 싶다. 가방에서 공구를 꺼내 액자에서 그림을 분리해 보려 한다. 그때, 남자 뒤를 스치는 또다른 랜턴 불빛이 느껴진다.

　남자, 재빨리 그림 뒤로 몸을 숨기고.

　랜턴 불빛으로 그림들을 훑으며 나타나는 여자. 그림들 사이를 오고가다 예의 강물 그림 앞에 멈추었다. 그림을 보며 여러번 감탄하는 표정. 액자를 들어 보려 하나 여의치 않다. 핸드백에서 칼을 꺼내 들고, 액자에서 그림을 뜯어 내려는 여자.

　그때, 여자의 얼굴에 랜턴 불빛이 비치다.

남자 (그림 뒤에서 모습을 드러내면서)
　호흥! 역시 당신이로군!

여자 (갑작스런 불빛에 당황해서)
　당신은 누, 누구시죠?

남자 (여전히 랜턴을 비추며 여자 주위를 돌며)
　　요즘 문화산업이다 뭐다 해서
　　전시품이 돈이 된다는 소문이 나니까
　　여중생 동전 지갑이나 탐내던 소매치기에
　　이웃집 애 책상의 돼지저금통이나 노리던 좀도둑들까지
　　미술품 창고를 기웃거린다더니 꼭 그 꼴 아닌가.

여자 (자존심이 상한 듯) 뭐라구요?
　　소매치기에 좀도둑이라니!
　　엄연히 그림을 사러 미술품 경매장에 온 고객이란 말이에요.

남자 흥! 경매장 고객이시라구?
　　그럼, 오늘 무슨 그림을 사려고 응찰하셨나?
　　어디 무슨 그림을 샀는지 보여줘 보시지.

여자 오늘은 내가 좀 바빠서 늦게 왔더니
　　탐나는 작품이 다 팔리고 없어서 한 점도 못 건졌지만,
　　보통 이런 경매장에 오면 서너 점씩은 사 간다구요.

남자 오, 바빠서! 그래서 지금까지 숨어 있다가
　　몰래 창고까지 기어 들어오셨어?

여자 이것 보세요! 말 조심해요!

42

(정색하듯) 나 이래 봬도 미대 나온 여자야!

남자 (영화 대사처럼 주억거린다) 미대? 이대?

나 이래 봬도 이대 나온 여자야!

개나 소나 다 김혜수야, 요즘은.

여자 그런데, 당신은? 당신이야말로 여기서 무얼 하고 있는 거지?

(어느새 랜턴을 들고 남자를 비춘다)

보아 하니, 옥션 직원도 아니고, 창고지기도 아니고……

(무슨 눈치라도 챈 듯) 으흠, 당신이야말로, 그림도둑?

남자 (역공에 처했다가 이내 당당해져서)

허허, 난, 난, 이래 봬도 미술 전공하고 물 건너온 사람이야.

낮에 경매할 때 미처 확인 못한 것이 있어서

(확대경을 꺼내 들고) 이렇게 확인하러 왔지.

난, 액자에 묻은 미세한 먼지 한 톨도 모기똥인지,

화가의 섬세한 붓 터치인지

반드시 확인해 봐야 직성이 풀리는 사람이거든.

여자 아, 이제 생각나는군. 아까 경매할 때

패들에 돈 500만원 써 놓고 부들부들, 부들부들,

정말, 모기똥 싸는 시늉을 하시던 그분이구만!

남자의 시선이 한쪽에 쌓인 액자들을 향하고 있다. 진행남여, 그 액자들 사이에서 오돌오돌 떤다. 남자와 여자, 액자의 그림을 하나씩 확인한다. 모두 강물이 있는 그림이다.

남자 (액자를 하나씩 꺼내 놓으며 득의양양)
  그래, 이런 게 있을 줄 알았지!

여자 (함께 놀라며, 혼잣말로) 내가 찾던 그림들이야!
  아, 한 점만이라도 가질 수 있었으면!

남자 (짐짓 그림에 열중하며) 이런 그림을 볼 줄 알다니,
  무슨 사연이 있나 보군.

여자 (다시 상대를 의식하고) 그러는 댁은,
  무슨 사연이 있어서 이런 그림을 찾고 있는 거지?

남자 무슨 사연이 있냐구? (무섭게 돌아봐서, 여자가 움찔하게 된다) 난, 내 고향을 찾고 있는 거야. 난 강물에서 태어난 사람이거든! (프롤로그의 노래) 보이나요 들리나요 내 가슴/속으로 흐르는 강물······.

여자 (구시렁거리듯) 물 건너온 것들은 꼭 배운 티를 내요. 누구는 바위에서 나고 누구는 하늘에서 떨어졌나? 누구나 다 엄마 뱃속 양수 속에서 놀다 태어난 거잖아. 물은 모두에게 다 고향이지. (갑자기 괴

로워하는 표정을 짓다가 노래) 길을 걷다보면 어디선가/강물 흐르는 소리가 들려요.

무대는 어느새 안개 낀 강물처럼 흐른다. 그림들 사이로 오가며 둘은 그 분위기에 젖어든다.

남자 나는 저 강물을 건너왔는데,
저 강물 속에 두고 온 사람이 있어요.

여자 나는 저 강물을 건너려는데,
저 강물 속으로 먼저 간 사람이 있어요.

남자 (노래) 나는 밤마다 그 강으로 걸어가지만
그 강은 아득히 저 멀리 흘러가고 있지요

여자 (노래) 그 강을 건너는 나룻배 소리도 들리고
날개를 퍼덕거리며 나는 새소리도 들려요.

여자 (노래) 강물 위를 건너는 배
누군가 노 저어 가는 배
안개 속으로 사라져가는 배

남자, 여자 (함께 노래) 보이나요 들리나요
(서로 놀라며) 내 가슴속으로 흐르는 강물

강물 속으로 안개 속으로 떠나가는 사람

남자 (노래) 나는 여기 있는데

여자 (노래) 그 사람은 강물 속으로 가고

남자, 여자 (노래) 그 사람 강물 속으로 강물 속으로
　　　보이나요 들리나요
　　　강물 속으로 떠나는 사람
　　　아, 돌아오지 않는 사람

남자 난 그 사람을 찾으러 가야 해요.

여자 난 그 사람을 찾으러 가야 해요.

　서로의 말에 놀라 마주보며 문득 정신을 차린 남자와 여자.

남자 이러고 있을 때가 아니지. 어서 와서 도와줘요.

여자 (정신을 차린 듯) 아, 예! 그러죠. 하지만, 분명히 하세요.
　　　도와드리면 그림 한 점은 그냥 주시는 거예요.

남자 알았어요. 내가 창고지기한테 헐값으로 칠 테니까

46

그쪽은 장단이나 잘 맞추세요!

여자 알았어요. 장단 맞추는 건 내 전공이니까! 자!
      (랜턴 불빛으로 무슨 박자를 맞추듯 한다)

   여자가 랜턴을 비추고, 남자가 액자들을 문 쪽으로 하나씩 옮겨 간다. 그때마다 숨을 곳이 줄어드는 진행남여.

   마침내 미처 옷을 다 챙겨 입지 못한 진행남여의 모습이 여자가 비추는 랜턴 불빛 아래 드러난다.

   서로 당황해 하는 남자와 여자, 진행남여.

   암전.

제2막
중국 베이징 유리창 거리

베이징 남쪽 외곽에 있는 유리창 거리.

과연 중국임을 느끼게 하는 인파다.
가게마다 도자기나 전통 옷, 그림, 책들이 펼쳐져 있고
간이음식점, 과자점, 만두가게, 아이스크림 가게도 있다.
이리저리 몰려다니는 사람들, 관광객들, 호객하는 사람들.
완장을 찬 중국 공안들도 눈에 띈다.
디 역을 맡은 남여기 적당히 이들 역할을 헤 낸다.

그들 사이에 중고생들을 데리고 여기저기 안내를 하고 있는 여자는
여행사 가이드 같은 복장을 하고 목에 카메라를 걸었다.

중국인 복장을 한 채 도자기 가게를 기웃거리는 남자도 있다.

여자 (이 가게 저 가게를 드나들며

유리 제품을 들었다 놓았다 하며 아이들에게 설명하기에 분주하다.)

여기는 유리창 거리라는 곳이에요.

쉽게 말해서 유리창 만드는 공장이 있던 거리라는 거죠.

원나라 때 이곳에 유리기와를 굽는 가마가 있었어요.

옛날 사람들은 그릇을 구울 때처럼

유리기와도 가마에서 구워냈답니다.

흙으로 그릇 모양을 내듯이

유리도 산과 강변에서 채취한 석영이란 거하고

석회암 알죠? 그래요, 그런 것들을 버무려 모양을 빚어요.

그렇게 모양낸 것을 가마에 넣고 몇 날 며칠 불을 때는 겁니다.

그러면 그게 엄청나게 높은 온도로 달구어지겠죠?

그러고 나서 그걸 단번에 얼음이 될 정도로 냉각시키는 거예요.

그렇게 되면 아주 투명하고 단단한 유리가 되어 나오는 거죠.

바로, 이곳에 그런 유리를 만드는 가마들이 있었던 거예요.

(오, 그래? 여자의 박식에 여기저기서 박수! 하지만

실은 여자는 백과사전에서 베껴 둔 쪽지를 적절히 커닝을 한 거다.)

남자 (이 가게 저 가게를 드나들며 유리 공예품을 들었다 놓았다 하며 노래)

여기는 중국의 수도 베이징 남쪽 외곽.

이곳에 유리 굽는 가마가 있었지.

그러다 유리 파는 가게들이 하나둘 문을 열어

그 이름이 유리창 거리가 되었지.

50

(가게 점원 남여 함께 노래)

여기는 베이징의 유리창 거리

이곳에 유리 굽는 가마가 있었지.

그러다 유리 파는 가게들이 하나둘 문을 열어

그 이름이 유리창 거리가 되었지.

(남자 노래)

세상에 이리 단단하고 투명한 것이 있나,

유리를 처음 본 사람들이 너무 놀라 토끼눈이 되고

수박만 해진 입을 다물지 못했어.

(점원남여 노래)

유리기와, 유리컵, 유리구슬, 유리항아리, 유리창…… 오, 놀라운 유리!

맑고 영롱한 유리, 무지개빛 유리, 비취빛 유리…… 오, 황홀한 유리!

(남자 노래) 쿠빌라이칸의 갑옷을 장식한 투명한 유리 공예도 있고

(여자 노래) 고려로 시집 간 몽골 공주의 파란 유리새도 있지.

(남자 노래)

아, 투명한 유리창 가에 서서

저 멀리서 몰아쳐오는 폭풍우를 즐길 수 있고

아, 귀여운 우리 신부의 하얀 목에

오색 유리알로 엮은 목걸이를 걸 수도 있지

(모두 함께 노래)

유리구슬, 유리컵, 유리구슬, 유리항아리, 유리창……

오, 놀라운 유리!

맑고 영롱한 유리, 무지갯빛 유리, 비취빛 유리……

오, 황홀한 유리!

여자 (여전히 설명하며, 가끔 노래하는 투가 된다)

　옛날에는 비가 오면 문을 닫아 바깥 구경을 할 수 없었지만

　그 창에 유리를 끼워 유리창이 되니 비바람을 막으면서도

　밖에서 벌어지는 일을 다 볼 수 있게 되었겠죠.

　옛날에는 바람 불 때는 등불을 내다 걸지 못했죠.

　등을 유리로 만드니까 밤에도 환히 불을 밝힐 수 있게 됐죠.

남자 (이 가게 저 가게를 드나들며 흥정하며 노래)

　여기는 중국 베이징의 유리창 거리

　청나라 때는 이곳에

　진품명품을 파는 가게들이 늘어섰지.

　비단도 나오고 등잔도 나오고

　지필묵도 나도 보석도 나오고

　그릇도 나오고 병풍도 나오고

　청동거울도 나오고 십자가도 나오고

　세계 각국 사신들이 여기 와서 물물교환.

　조선 사람, 티벳 사람, 태국 사람,

　베트남 사람, 아라비아 사람, 영국 사람……

　세계 각국의 진품명품을 들고 여기 다 모였네.

여자 (여전히 아이들을 데리고 다니며 가이드. 흥얼거리듯이)

조선에서 온 사신들은 이곳에 와서
인삼이나 청자를 내놓고
책이나 비단이나 노리개나 종이를 사갔죠.
지봉 이수광이라는 분은 이곳에서 천주교를 소개한
「천주실의」를 사갔는데, 우리나라 선비들이
그 「천주실의」를 보고 천주교 공부를 시작했지요.
「홍길동전」을 쓴 허균도 중국에 사신으로 와서
날마다 이 유리창 거리에 나와 구경에 빠져 지냈고
실학자 홍대용도 여기 와서 저울을 사 가지고 갔지요.
연암 박지원 선생도 여기서 책을 사 갔고
추사 김정희 선생도 중국에 사신으로 왔다가 여기 와서
책하고 그림 하고 잔뜩 사가지고 갔는데 나중에는
중국학자들이 추사 그림을 사려고 이곳을 드나들곤 했답니다.

남자 (노래) 세상 사람들은 아시아 동쪽 끝에
숨어 있는 아기자기한 풍물을 보기 위해
서울의 인사동 골목으로 여행을 가지.

여자 (노래) 세상 사람들은 동서양 문물이 뒤섞이는
역사적인 문화의 현장을 보기 위해
베이징의 유리창 거리에 여행을 오지.

남자 (노래) 맛있는 음식을 배불리 먹고 사는 것도 좋지만

낯선 거리 새로운 감각을 만나
빈 가슴 채우는 게 진짜 인생이지.

여자 (노래) 먹고 마시고 사고 쓰고 버리는 여행 말고
낯선 풍물 새로운 지식을 보고
빈 가슴 채우는 게 진짜 인생이지.

그림 가게 앞에서 기웃거리게 되는 남자와 여자.
강물 그림 몇 점을 번갈아 들여다보며

남자 (노래) 이곳에 오면 마치 전생을 거니는 듯해

여자 (노래) 시간의 창고 문이 열려서
옛 사람들이 거리로 쏟아져 나와 있는 듯해

남자 (노래) 잊혀진 사람들의 말소리가
오래 잊고 있던 고향 사투리 같아

여자 (노래) 추억 속 시간이 가득 펼쳐지고

남자 (노래) 기억 속 그 사람이 눈앞을 걸어가네.

강물 그림 속으로 젖어가는 남자와 여자.

남자 (노래)나는 여기서 손을 흔드는데
　　　그 사람은 안개 속으로 걸어들어가
　　　강물 속에 잠기지요.

여자 (노래) 강물 위를 건너는 배
　　　누군가 노 저어 가는 배
　　　안개 속으로 사라져가는 배

남자 나 그 사람 찾으러 여기에 와 있네.

여자 나 그 사람 흔적 찾아 여기에 와 있네.

　　서로 부딪치는 남자와 여자.

남자 (노래하다 말고 여자를 알아보고 갸우뚱! 어디선가 많이 본 듯한 얼굴!)
　　　어, 이게 누구신가. 그런데 웬 여행사 가이드?

여자 (노래하다 말고 남자를 알아보고 갸우뚱! 어디선가 많이 본 듯한 얼굴!)
　　　오호, 당신. 여긴 웬일이지? (남자의 옷을 만지는 시늉) 웬 중국 상인?

남자 (의심을 풀려는 듯) 나는 그림을 구하기 위해 왔죠. 근데 당신은?

여자 (의심을 풀려는 듯) 나는 중국 유학 온 애들 데리고 구경 나왔죠.

(중국인 상인 복장을 가리키며) 구하려는 사람이?

남자 그 나라의 진수를 알려면 그 나라 옷을 입고 거리를 활주하라!
세계적인 여행가 이븐 바투타의 말입니다. (실은 지어낸 말이다.)

여자 이븐 바투타? (중얼거리듯) 어디서 이름은 주워들어가지고.
중국에 와서 중국 옷 입고 있으면
중국 짝퉁 그림을 더 싸게 살 수 있는가 보죠?

남자 그 그러는 당신은 웬 가이드 복장? 학생들을 가르친다더니
아예 여행 가이드로 나섰다는 말씀인가?

여자 그, 나라의 시장에 가보면 그 나라의 전부를 알 수 있다.
세계적인 경제학자 아담 스미스의 말. (역시 지어낸 말.)

남자 그 아담 스미스? (중얼거리듯) 잘도 갖다 붙이네.
아담 스미스가 그런 공산당 치마 같은 걸 입고 다녔던가?

여자 이거 봐요, 이 옷은 가이드 복도 아니고 공산당 옷도 아니에요.
중국 유학을 시작하는 미래의 주역 우리의 학생들한테
중국 문화를 제대로 설명해 주려는
나의 철저한 직업의식의 상징이죠.
이 옷은 이래봬도, 숭고한 교육자의 옷이랍니다.

중국 짝퉁 그 옷하고는 차원이 달라.

이를 보고 있던 점원여가 두 사람 사이에 끼어들며 여자를 밀어붙인다.

점원여 (중국어를 섞어) 아, 여기서 뭐하는 거예요?
　　　살려면 사고 말려면 말아야지.
　　　어서 저리 비켜요! (여자를 밀쳐 낸다)

여자 (넘어지며!) 악! (옷부터 걱정)

남자 (얼른 여자를 보호하는 시늉)
　　　아니, 이 아줌마가 눈이 어디 잘못 붙었나!
　　　왜 사람을 치고 그래!

점원여 (두 사람이 만지던 그림을 안으로 들여놓으며)
　　　이게 얼마나 비싼 그림인데 그래.
　　　볼 줄도 모르면시 어디시 더러운 손을 깆다 대고 그래!

여자 뭐라구요? 더러운 손이라구요? (잠시 히스테릭하게 돌변.)
　　　아니, 이 짱꼴라 같은 게 어디서 누굴 더럽다고 그래?

남자 (여자의 말투에 놀라면서도 여자를 보호해준다)
　　　아, 아가씨 참아요!

아니, 아줌마, 아무 말이나 다 말인 줄 알아?
어디서 짝퉁만 구해다 갖다 놓고는!

점원여 짝퉁이라구?

남자 그렇지, 짝퉁!

점원여 (주눅든 표정) 우리 집엔 그런 거 없어!

남자 (승기를 잡고 노래)
여기는 베이징의 유리창 거리
원나라 때는 여기서 진품 유리가 나왔지
오, 이 유리창 거리에는 이제 짝퉁도 많지.

점원여 (서서히 독기가 올라) 여기는 그런 거 없대니까!

여자 (노래) 여기는 베이징의 유리창 거리
청나라 때는 세계 각국 명품도 많았지만
오, 이 유리창 거리에는 이제 짝퉁도 많지.

점원여 (화가 나서) 이것들을 그냥!

점원여가 남자와 여자를 내쫓으려 하는 동안에 가게의 물건들이 뒤죽박죽

된다. 점원여, 어딘가로 전화를 건다.

남자 (뒤죽박죽되고 있는 물건들 사이에서 노래)
　　그림도 짝퉁, 등잔도 짝퉁
　　지필묵도 짝퉁, 보석도 짝퉁

여자 (노래) 비단도 짝퉁, 병풍도 짝퉁
　　청동거울도 짝퉁, 곰방대도 짝퉁

남자 (노래) 짝퉁 약, 짝퉁 김치, 짝퉁 달걀, 짝퉁 비누,
　　짝퉁 양복, 짝퉁 베스트셀러, 짝퉁 그림, 짝퉁 처녀……

남자, 여자 (노래) 그림도 짝퉁, 등잔도 짝퉁
　　지필묵도 짝퉁, 보석도 짝퉁
　　비단도 짝퉁, 병풍도 짝퉁
　　청동거울도 짝퉁, 곰방대도 짝퉁
　　짝퉁 약, 짝퉁 김치, 짝퉁 달걀, 짝퉁 비누,
　　짝퉁 양복, 짝퉁 베스트셀러, 짝퉁 그림, 짝퉁 처녀……

　그때 길게 울리는 호각 소리가 난다. 모두들 우왕좌왕하고 있는 사이, 중국 공안남이 등장한다. 다짜고짜 방망이를 휘둘러 남자를 제압하고 수갑을 채우려 한다.

공안남 당신은, 2004년 북조선의 문화재 수백 점을 훔쳐서 가족과 함께 중국으로 밀입국, 그동안 중국과 한국을 넘나들며 불법으로 문화재를 밀수해온 밀수꾼! 밀수 현행범으로 체포한다! 당신은 변호인을 선임할 권리가 있으며, 묵비권을 행사할 권리가 있으며, 지금부터 하는 당신의 발언이 법정에서 불리하게 작용할 수 있다는 사실을⋯⋯.

여자 (공안남을 떠밀어 남자를 구해 내려 시도하며)
　　이 사람, 그런 사람 아니에요!
　　이 사람 내가 보증할 수 있어요!

　공안남 이상한 표정으로 여자를 쳐다보자

여자 (오해를 풀려는 듯) 이 사람은 대한민국에서 동양 미술사를 전공한 미술사학자로서, 한, 중, 일 미술을 비교 연구하기 위해 여기에 와 있는 겁니다. 보세요, 이 남자가 얼굴을. 이렇게 어리숙하게 생겼는데, 이런 얼굴로 무슨 밀수를 하겠어요? 안 그래요?

　이때, 갑자기 예리한 호각소리 울리고, 어느새 공안여가 등장한다. 다짜고짜 방망이로 여자를 제압하고 수갑을 채우며

공안여 2008년 이후 세 차례 한국의 대안학교 소속 학생 초 70명을 간판만 있는 중국의 고등학교에 유학시킨다고 데리고 와서 시장통

60

에서 아르바이트를 시키고 돈을 챙긴 유학 사기범으로 당신을 체포한다. 당신은 변호인을 선임할 권리가 있으며, 묵비권을 행사할 권리가 있으며, 지금부터 하는 당신의 발언이 법정에서 불리하게 작용할 수 있다는 사실을……

남자 (공안남을 벗어나 공안여를 밀쳐 여자를 구해 내며)
　　이 여자는 그런 여자가 아니야! 내가 이 여자를 잘 알아!

공안남여 (함께) 둘이 잘 아는 사이?

남자 (당황해서) 이 여자 얼굴을 봐, 이렇게 밋밋하게 생겨서
　　무슨 유학 사기를 쳐? 사람 똑바로 봐야지. 암, 암.

공안남 오호, 보아 하니 이 자들이…….

공안여 이것들이 아주 쌍으로 사기 치는 연놈들이구만!

남자, 여자 뭐 연놈?

　남자와 여자, 대들 듯하다가 곧 위기가 닥친 걸 깨닫는다.

남자 (여자의 손을 잡고) 뛰어!

공안남 (도망가는 남자와 여자 뒤에서) 잡앗!

　쫓는 공안 남여와 쫓기는 남자와 여자는 서로 번갈아 가며 '유리창 거리' 노래와 '짝퉁 노래'를 부르고, 서로 쫓고 쫓기는 순서가 바뀌기도 한다.
　도망가는 동안에 서로에게 끌리게 되는 남자와 여자.

　남자, 여자 퇴장 뒤에도 여전한 호각소리.

　공안남여, 남자와 여자를 쫓아가며 퇴장.

　다시 두리번거리며 등장하는 남자와 여자,
　한적해진 틈을 타 나무그늘에 앉았다가
　쫓는 공안남여가 부는 호각소리에 다시 도망친다.

남자 (달아나는 중에 여자에게) 내 얼굴이 어리숙해 보인다고?

여자 내 얼굴이 밋밋하다고?

남자 유학 사기범이시라구?

여자 문화재 밀수꾼이시라구?

　호각소리 점점 가까이 들리고, 남자와 여자는 한 구석에 몸을 감추며 불안

62

에 뜬다.

　공안남여 등장, 남자와 여자가 앉은 흔적을 발견한다.

공안남　이것들 봐라, 한류 드라마 주인공 뺨쳐, 아주.

공안여　(공안남에게 손짓을 하며) 저쪽으로 가 봐요,
　　　　난 이쪽으로 갈 테니.

공안남　(무대 위를 두리번거리며 노래)
　　　　어디로 갔을까, 어디로 갔을까.
　　　　이 거리 저 거리, 이 구석, 저 그늘 다 뒤져봐도
　　　　어디로 갔을까, 어디로 갔을까.

공안여　(공안남의 반대되는 공간을 돌며 노래)
　　　　어디로 갔을까, 어디로 갔을까.
　　　　화려한 도시 불빛 아래에도, 얼룩진 뒷골목 어둠 속에도
　　　　그 어디에도 없네, 어디로 갔을까.

공안남　(노래) 아무리 날렵한 도둑고양이도 날 밝기 전에
　　　　들쥐 똥 부스러기 한 점은 남기게 되어 있는 법

공안여　(노래) 저 멀리 날아가는 철새도 어느 허공쯤에서

깃털 하나는 날리게 되어 있는 법

공안남여 (노래) 세상에 완전한 도망자는 없어.
　　　　세상에 완전한 도망자는 없어.
　　　　부처님 손바닥에서 노는 새끼원숭이지!
　　　　부처님 손바닥에 원숭이새끼!

　　무대를 돌며 공안남여 퇴장.

남자 (주위를 돌아보고) 갔으니, 나와요.

여자 (불안한 모습으로) 여기서 벗어나야 하지 않을까요?
　　　　이러다가 숨막혀 죽을 것 같아.

남자 (손수건을 꺼내며 다정하게) 땀이나 닦아요.
　　　　그나저나, 갈 데나 있어요?

여자 (머뭇거리다) 가야죠, 그 사람 찾으러!
　　　　그 사람 흔적 있는 곳이 곧 제가 갈 곳이지요.

남자 누구요 대체 찾는 사람이? 사람 흔적 하나 찾겠다고
　　　　여자 혼자 몸으로 지구 땅덩어리를 다 뒤지기라도 할 참이오?

여자 그쪽도 그런 말 할 처지가 아닌 듯하네, 뭐.

남자 나는 남아서 여기부터 샅샅이 뒤질 겁니다.
　　　내가 찾는 사람을 찾기 전까지는 여길 떠날 수 없어요.

여자 그러다 저 녀석들한테 잡히면 끝일 텐데.
　　　힘없는 외국인들은 감옥에서 그냥 죽어도
　　　본국에 알려주지도 않는다잖아요.

남자 내 걱정 마시고 아가씨나 몸조심하셔.
　　　그 정도 체력으로 몇 발짝이나 달아날 수 있을까 몰라.
　　　혼자 갈 수 있겠어요?
　　　(원하면 동행이라도 해줄 듯 가까이 다가선다)

여자 됐거든요. (남자를 밀치듯) 그쪽이나 조심하시지요.

　남자와 여자, 잠시 연민어린 눈빛을 교환히는데, 다시 호각소리 들리고, 두리번거리는 남자와 여자. 좁혀오는 호각소리.

공안여 (소리) 저기다!

공안남 (소리) 잡아라!

잠시 암전.

어둠 속에서 비명소리 들리고.

희미하게 조명이 밝아지면
안개가 내린 강변이다.
달아난 두 사람이 그 강변에 쓰러져 있다.
프롤로그의 노래 「강 건너 돌아오지 않는 사람」 음악이 흐르고.

음악을 흥얼거리며 서서히 몸을 일으키는 여자.

갑자기 혼자서 강물 속으로 가려는 여자. 다리를 절룩거린다.
늦게 깨어난 남자가 여자를 붙든다.
몹시 지쳐 있는 두 사람.

여자 아, 바로 여기예요. 그 사람이 마지막으로
      그림을 그려 보내 주고 사라진 그 강이에요.
      그 사람이 이 강에서 그림을 그리고 나서 실종됐어요.

남자 그 사람이 누군데요?
      그 사람이 애인이었어요?

여자 그 사람, 그림을 그리던 뛰어난 화가였지요.

마음의 고향을 그리겠다고 여행을 떠나곤 했지요.
강변 풍경을 그릴 때마다 사진으로 찍어 전송해 주곤 했지요.
이렇게요. (휴대폰 화면을 열어 보인다)

남자 (건성으로 보고) 예, 뛰어난 화가 맞네요.

여자 당신 같은 밀수꾼은 몰라요. 그 사람이 그린 그림에는
내가 이 세상에서 가장 마음이 편할 때 걷던
그런 강변이 펼쳐져 있어요.
나뿐만이 아니에요.
돈을 벌기 위해, 정복하기 위해, 차지하기 위해
이글거리고 헐뜯고 상처 받고 있는 세상 사람들이
그 옛날 그 누구하고도 마음 상하지 않고 평화롭게 지내던
그 시절 그 강변이 펼쳐져 있어요.

남자 (여자의 마음을 이해할 수 있겠다는 듯)
누구나 그런 시절이 있지요.

여자 (찬물을 끼얹듯) 당신 같은 밀수꾼은 몰라요.
그 사람이 실종되고 나서
나는 그 사람이 그린 강변을 찾아다니기 시작했어요.
애들 가르치면서 부지런히 돈을 모았지요.
그러나 그 돈으로 중국 일대를 돌아다니는 건 불가능했지요.

어쩔 수 없이 방학 때가 되면 애들 인솔해 중국에 오는 거죠.

남자 그래서 유학 사기를 쳐서 돈을 모았겠군!

여자 (그냥 강변 풍경에 젖어) 저 강물 속에 그 사람이 있을 거예요.

　음악, 애잔하게 흐른다.
　남자도 여자를 따라 나서고.

여자 (프롤로그 시 「애인은 물이 되어 흐르고」 1-2, 노래)
　　　우리 애인, 물을 사랑해.
　　　지난 여름엔 강가로 갔지. 수심이 깊은 만큼
　　　물살이 세고 사랑도 깊어, 잠겨
　　　돌아오지 않았어.

　　　애인은 물을 사랑해, 비 오는 날에는
　　　창문에 박혔다 흘러내리는 것을 황홀하게
　　　본다. 우산을 세우고 오히려 우산 밖에 서서
　　　살갗에 닿았다 흐르는 물을 따라

남자 (프롤로그 시 「란강의 추억」 1-2연 노래)
　　　내 눈물 마르거든
　　　울어주렴 봄새야. 목 다 쉬거든

봄풀아 파란 눈 깜빡여주렴.

해란강 봄물가
봄이끼 놀 때
장수 잃은 빈 말 서성이네.

점점 어두워진다.
어둠 속에서 호각 소리가 두 번 울리고.

남자 (서두르듯) 이제 어서 갑시다!

이어, 갑자기 탕, 하는 총소리!
악, 하는 비명소리!

암전.

제3막
러시아 하바롭스크 아무르 강변

제2막 상황 이후 여러 달이 지났다.

러시아 아무르 강 동쪽 강변.
강에는 안개가 깔려 있다.
그 강 건너 서쪽은 중국 흑룡강성이다.

「아무르강의 물결」, 「백만송이 장미」 이런 유의 러시아 풍 음악이 흐른다.
강변으로 노점상들이 이어졌디.

행인들이 오가고,
노점상마다 행인들이 기웃거리면서 물건을 흥정한다.
가끔 러시아 경찰들도 보인다.
러시아풍, 중국풍, 몽골풍, 한국풍 복색이 뒤섞여 있다.

한쪽에서 카메라를 들고 강 풍경을 찍으면서 여자 등장. 그 동안 찾던 곳에 온 듯 조금은 들뜬 표정이다.

남자는 한류 스타 초상화를 걸어 놓고 초상화 노점을 열어 놓았다. 한류 스타 사진들 사이에 자신의 아내 얼굴도 여러 장 내걸었다.

남자는 막, 한 소녀에게 초상화를 그려주고 돈을 받는다. 이어 러시아 여인 1, 2에게는 배용준, 이병헌 초상화를 팔았다.

여자는 강 풍경을 살피면서 남자의 얼굴을 연신 힐끔거린다. 어디서 본 듯한 얼굴이다.

여자 저! (해 놓고 할 말이 없다)

남자 (언어가 통하지 않을 걸로 알고 조금은 기계적인 동작으로) 한류 스타? (한류 스타들 그림을 가리킨다) 아님, 유어 페이스?

여자 오, 노우, 그게 아니라……. (핸드백에서 휴대폰을 꺼내 보인다. 휴대폰에 담긴 그림이 여기 강 풍경과 비슷하지 않느냐는 질문을 동작으로) 유 노?

남자 (이상한 손님이라는 듯 여자 얼굴을 뚫어질 듯 쳐다보며) 다, 당신은?

여자 (남자의 태도가 부담스럽다는 듯 경계하며) 어머, 이거 왜 이래요?

어느새 여자 뒤에 여자손님이 서 있다. 남자는 여자를 무시한 채 여자손님과 홍정하고 나서 초상화를 그려주기 시작한다. 어색해진 여자는 다시 강 풍경을 둘러본다.

여자 (강변을 거닐면서 노래)
　　나 여기 왔네
　　나를 부르는 소리
　　나를 어루만지던 눈길
　　맨 처음 강물을 흘려보낸 이곳에 왔네
　　그대의 흔적을 찾아 날마다 이곳에 있네
　　안개가 모여 사는 마을
　　어린 나무들이 수줍은 새싹을 틔운 아침을 향해
　　나 여기 있네 나 여기 있네

한쪽에서 고려인남이 등장하자 여자가 다가가 휴대폰을 꺼내 보이며 강 풍경과 비교해 보라는 시늉을 한다. 고려인남이 건성으로 고개를 끄덕인다. 여자는 고려인남에게 사진을 찍고 폴라로이드 사진을 뽑아 주며 뭐라고 부탁을 한다. 고려인남이 고개를 끄덕이며 사진 뒤에다 몇 자 메모한다.

고려인남을 본 남자도 초상화를 그리다 말고 반색한다. 주변 눈치를 살피며 고려인남에게 다가간다.

남자 (주위 눈치를 보며 소리를 죽여) 찾았어? 거기 있어?

고려인남 (건들거리며) 헷갈려, 헷갈려, 카레이스키, 중꿔스키, 재파니스키, 몽고르스키, 스키스키스키…… 너무 슷비슷비해.

남자 (아내 얼굴을 내보이며) 카레이스키! 너도 카레이스키면서 몰라? 이렇게, 얼굴이 달걀처럼 둥그스레하고, 쌍꺼풀은 없고, 눈은 작고, 코에서 볼까지 이렇게 좀 펑퍼짐하고…… 그치만, 하얀 옥돌 같은 피부, 부드러운 입술, 촉촉하게 젖어드는 눈빛!

고려인남 (남자가 가리키는 아내 얼굴을 보지 않고, 대신 한류 여스타 초상화들을 보며 미모에 감탄하고 있다가) 그래, 그래, 미인이야, 카레이스키 미인! 성형 수술을 했어도 미인인 걸 어쩌나. 오우, 촉촉한 성형 미인! ……근데, 거기 없는 것 같더라구.

남자 아니야, 분명히 여기 있을 거야.
　　　저 강 너머에서 일루 건너오다 잡힌 게 분명하다구!

고려인남 (시쿤둥하다) 조선, 중국, 몽골 할 것 없이
　　　여기로 밀입국하는 사람들이 한둘이라야지.

남자 그럼, 그 여자들 있는 데로 날 데려가봐. 내가 보면 알지.
　　　세월이 꽤 흘렀지만 내 아내니까,
　　　내가 보면 당장 알아낼 수 있어. 헤어진 지 6년이 됐지만,
　　　내가 내 아낼 왜 모르겠어?

고려인남 (짐짓 곤란하다는 표정) 밀입국자들은 특별 관리 대상이라 면회는 사절인 거 몰라? 내가 러시아 공산당 유공자 자손인 덕분에 특별히 (자기 가슴을 주먹으로 툭툭 치고) 면회를 할 수 있는 거라구.

남자 아, 그래. 니가 그 잘난 볼세비키 혁명 유공자 손자지, 그러니까 너한테 부탁하는 거 아냐. 자, 자, (주위를 살피며 주머니에서 돈을 꺼내 준다) 리순옥이, 2003년 12월 제1차로 식구들과 두만강 건너다 혼자 잡혀 북조선으로 되끌려갔다가, 2004년 11월 단신으로 제2차 도강, 중국인 하녀로 인신매매되었고, 옌벤에서 도망치다 어떤 러시아계 중국 노인한테 팔려가 창춘에 가 살았대. (주머니에서 편지를 꺼내 보여 주며) 이거 봐, 이거 창춘서 온 편지야. 물어물어 찾아왔더니 쑹화강을 따라 동쪽으로 갔다는 거야.

남자 (여자가 걷던 강변을 따라 걸으며 노래)
　　나 여기 왔네
　　끊어진 산맥 그 끝에 새로 길을 내고
　　무릎을 깨는 자갈밭에 피를 뿌리며
　　나 여기 왔네 나 여기 왔네
　　내 마음속으로 들리는 강물 소리 따라
　　안개가 모여 사는 마을
　　어린 꽃들이 수줍은 빛깔을 내기 시작한 아침을 지나
　　나 여기 왔네 나 여기 왔네

여자 (어느새 남자 곁에 와서 쳐다보고 있다가, 천천히 노래)
　　도무지 알 수 없는 일 하나.
　　그 사람 살던 집, 그 사람 놀던 강
　　빛과 그늘, 웃음과 눈물 여기 다 있는데
　　도무지 알 수 없는 일 하나.
　　나는 지금 다른 느낌을 찾고 있어.
　　그늘진 미소, 바람둥이 같은 눈길
　　다른 느낌, 야릇한 향기에 이끌려.
　　도무지 알 수 없는 일 하나.

남자 (얼떨결에 여자 주위를 오가며 노래)
　　어째서 이런 일이 생겼을까.
　　강물 흐르는 소리를 따라
　　머나먼 길을 걸어서 왔는데
　　도무지 알 수가 없네.
　　내 마음 속 그 사람 기억 속으로
　　다른 눈빛 다른 향기가 묻어나네.
　　다른 말씨 다른 느낌 다른 사람
　　어째서 이런 일이 생겼을까.

남자, 여자 (함께 원을 그리며 노래)
　　도무지 알 수 없는 일 하나.
　　다른 말씨, 다른 느낌,

다른 눈빛, 야릇한 향기.

어째서 이런 일이 생겼을까.

고려인남 (남자가 준 뒷돈만 잘 챙기고 나서) 카레이스키! 피는 물보다
진하다! 오늘밤! (갑자기 남자에게 귓속말로) 밀입국자들을 모두 지방
법원으로 송치하게 되니까, 수송 버스가 이 강변도로를 따라와 저
다리 밑 검문소를 지날 때, 바로 그때!

남자, 여자 (깜짝 놀라) 그때!

남자와 고려인남의 귓속말이 이어지고, 그러는 동안, 다시 한번 남자의 주
머니에서 나온 돈이 고려인남에게 건네진다.

여자손님 (홀로 한류 스타 얼굴 보는 재미에 빠져 있다가, 남자한테 빨리 안
그려주냐며 짜증내는 시늉) 아, 빨랑 쌀라 라이라이 안 그려?

남자 아, 예. 그려야지. (투덜대듯) 그 얼굴로 무얼 급한 게 있다고?

여자손님 뭐라고스키?

남자 아, 아, 바로 앉아! 싯다운, 싯다운 프리즈.

여자손님이 다시 앉자마자 금세 초상화를 그려내는 남자.

남자 (초상화를 여자손님에게 건네며) 자, 잘 빠졌다.
　　샤라포바 저리 가라네! 굿!

여자손님 (기대에 부풀어) 아, 괜찮을까요? 어때요? 괜찮아요? (초상화
를 보고는, 환하던 얼굴이 어두워진다)

　　옆에 있던 여자도 궁금해서 끼어든다.

여자 왜 그래요? 마음에 안 들어요?

여자손님 모야 이게! (대장금 이영애 초상화를 가리키며 자기 초상화를 팽
개친다)

여자 (초상화를 집어들어 여자행인 얼굴 곁에 대 보인다. 전혀 다른 뚱순이)
　　비슷하네, 뭐!

여자손님 이 코리아새끼들, 순 사기꾼이야!

　　여자손님, 답답하다는 듯 고려인남에게 도움을 청한다. 러시아 말도 둘이
쑤군쑤군댄다.
　　잘 들어주는 척하던 고려인남, 그러나 여자손님 편이 아니다.

고려인남 (짐짓 여자손님의 고민을 들어주는 척하고 다가가서 초상화를 보

더니) 어디, 보자! 잘 그렸네 뭐. (여자에게) 안 그래요?

여자 뭘, 솔직히 잘 그린 건 아니지. 코끼리 몸에 까마귀 같은 얼굴이지. 그래도 실물보다 낫지 뭐.

남자 (초상화를 받아들고 짐짓 의젓하게) 초상화란 건, 그 사람의 외면을 그대로 닮아야 한다는 점도 중요하지만, 무엇보다 그 사람의 내면에 흐르는 본질적 움직임을 정확하게, 적확하게 집어낼 때 비로소 초상화다운 가치가 있는 것이지요. (여자에게 동의를 구한다.)

여자 그건 그렇죠. 껍데기보다 알맹이가 중요하지요.

고려인남 허, 이 사람들이 뭐에 홀렸나. 아무리 이 아가씨가 뚱뚱해도 그렇지. (병 주고 약 주는 이상한 상황이다) 뚱뚱한 얼굴로 사진을 찍지 않고 굳이 초상화를 그리고 싶어하는 그 욕망의 언저리에는, 실물보다 분위기 있고 예뻐 보이고 싶어하는 여성의 근원적인 동경이 자리해 있다는 건데, 아 그러니까……

여자손님 아니, 이것들이 세트로 지랄을 떠네! 뭐? 껍데기보다 알맹이? 내면에 흐르는 본질적 움직임? 분위기 있고 예뻐 보이고 싶어하는 여성의 근원적인 동경? 자다가 논술 시험 치고 앉았네. 어디서 싸구려 초상화를 베껴와 가지고 사기를 쳐? (걸어놓은 **한류 스타 초상화를 밀쳐 버린다**)

초상화노점은 엉망이 된다. 남자, 초상화들이 쓰러지자, 여자손님을 때리려고 손을 휘두르고, 여자손님은 쫓기면서 경찰에 신고를 하겠다며 휴대폰을 꺼내 들고 고래고래 소리를 질러댄다. 여자는 여자손님을 막으려 하고, 고려인남은 땅에 쓰러진 초상화들을 일으켜 세우며 혼잣말을 해댄다.

고려인남 (노래) 아무르, 아무르, 청춘남녀 아무르강

　　　　저 먼 시베리아에서부터 몽골도 지나고

　　　　중국도 지나며 흘러온 아무르강.

　　　　이 안개 속으로 세상 사람들 다 모여 들었네

　　　　러시아 사람, 중국 사람, 한국 사람, 몽골 사람······.

여자손님 (강변의 노점을 가리키며 노래)

　　　　아무르, 아무르, 사랑의 강 아무르강

　　　　이 강으로 세상 물건들 다 모여 들었네.

　　　　러시아 인형 마트로스카, 중국 옷 창파오,

　　　　일본 만화 미야자키 하야오,

　　　　한류 배우, 이영애, 배용준, 이병헌, 고현정······.

남자, 여자 (노래) 한류! 한류! 대장금, 겨울연가, 한류!

고려인남 (노래) 백두산에서 쑹화강 흘러,

　　　　쑹화강에서 아무르강으로!

남자 (노래) 한류! 한류! 쭉쭉 빵빵 한류!
　　　　불고기 비빔밥 삼겹살 산채나물, 한식!

고려인남 (노래) 한류, 한류, 카레이스키 한류!
　　　　한류, 한류, 성형미인 한류!

여자 (노래) 한류! 한류! 쭉쭉 빵빵 한류!
　　　　온돌방 구들장 황토방 찜질방, 한옥!

고려인남 (노래) 성형미인 한류! 카레이스키 한류!

여자손님 (노래) 이영애, 배용준, 이병헌, 김태희, 한류!

고려인남 (노래) 페레스트로이카, 그라스노스트!

남자 (노래) 가나다라마바사 세종대왕 훈민정음, 한글!

여자 (노래) 자주고름 옷고름 오색무늬 때깔고운 한복!

모두 함께 (노래) 아무르, 아무르 사랑의 강 아무르
　　　　백두산에서 쑹화강 흘러,
　　　　쑹화강에서 아무르강으로!
　　　　세상 사람들 다 모여 들었네

세상 물건들 다 모여 들었네.
한류! 한류! 쭉쭉 빵빵 한류!
한류! 한류! 쭉쭉 빵빵 한류!

갑자기 호각소리 길게 울리고
암전.

쇠사슬이 끌리듯, 호송차가 지나가는 소리가 들리고.
무대는 서서히 밝아지지만, 어둠과 안개가 뒤섞여 있어 앞을 분간할 수 없다.

경찰여 (안개 한가운데 서서 메가폰을 통해 외치는 소리)
여기는 한 국가와 다른 국가가 연접해 있는 국경지대다.
페레스트로이카니 그라스노스트니, 세계화니 세방화니 해도
각 국가는 그 나름의 법과 질서가 있는 법!
**(어느새 무대 위에 서 있다는 느낌. 한 손에 메가폰을 들었고, 한 손에
권총을 든 모양이 희미하게 보인다)**
여기서 함부로 강물을 즐긴다는 핑계로 국경을 넘나들다
총 맞아 죽은 사람이 한둘이 아니라는 걸 알아야 해.
노스 코리아를 탈출해 중국을 거쳐 저 강을 넘어오다
폴리스한테 체포된 그 여자, 그 여자는
지난달 강물 속으로 도망갔다가
아직 고개를 안 내밀고 있어. 왜냐?

고개를 내밀면 강 양쪽에서 총알이 쏟아지거든.

그녀는 살기 위해서 저 물속에서 죽었다, 이 말이거든.

제 맘대로 저 강을 건너 들어와 여기 와서

그림을 그리다가 불법 체류자로 구속된 그 화가,

그 화가는 유치장으로 호송되던 중에 강물로 뛰어들어

아직 고개를 안 내밀고 있어. 왜냐? 고개를 내밀면

강 양쪽에서 두 나라 병사의 총알이 쏟아지거든.

그는 살기 위해서 물속에서 죽었다, 이 말이거든.

경찰여에게 돈을 건네는 고려인남의 모습이 희미하게 보인다. 서로 귓속
말을 주고받는 두 사람. 고려인남이 경찰여에게 술을 따뤄주고 있다. 술을 컵
에 받아 마시다, 한잔, 두잔, 하더니 병째로 술병을 들었다.

다시 한 차례 트럭이 지나가는 소리.

그 뒤를 따르는 한 줄기 조명.

무대 한켠에 조명을 비추면 몸을 웅크리고 소리를 듣고 있는 남자와 여자
의 모습이 보인다. 서로 의지하고 소리나는 쪽을 향하고 있다.

다시 컴컴해지는 무대. 그 어둠 속에 경찰여가 서 있다. 한 손에 권총을 들
었고, 한 손에 보드카를 들었다.

경찰여 (권총을 입에 대고 말하는데 메가폰을 통해 들리는 소리)

여기는 한 국가와 다른 국가가 연접해 있는 국경지대다.
페레스트로이카니 그라스노스트니, 세계화니 세방화니 해도
각 국가는 그 나름의 법과 질서가 있는 법!
(어느새 무대 위에 선 사람의 낮은 목소리로!)
이 나라에 와서 이 나라의 법을 지키지 않으려면,
밤에 조용히 강을 건너 저 나라로 가면 되지.
왜냐? 총알도 잠을 잘 때가 있거든. 강을 건너가면
저쪽 나라 법을 따르면 되는 법이거든. 이쪽 나라에서는
러시아 보드카를 마시면 되지만, 저쪽 나라에서는
45도 마호타이 고량주나 아니면
하얼빈 빙등맥주를 마시면 되는 거거든.
(원샷으로 보드카 한 병을 모두 비우자
옆에서 고려인남이 한 병을 더 들려준다.
다시 한 모금을 마시고는)
나라마다 법이 다르듯이 나라마다 술이 다른 거거든.
보드카가 싫으면 마호타이 나라로 가라 이거야.
왜냐? 마호타이가 싫으면 하얼빈 맥주 마시고
그것도 싫으면 막걸리 나라로 가라 이거야.
왜냐? 그게 그 나라 법이거든.

다시 한 차례 트럭이 지나가는 소리.
그 뒤를 따르는 한 줄기 조명.

    무대 한켠에 조명을 비추면 몸을 웅크리고 소리를 듣고 있는 남자와 여자의 모습이 보인다. 둘은 손을 꼭 잡고 경찰여 쪽을 살피고 있다.

경찰여 (권총을 쳐든 모습이다.)
    돈 준 놈들한테만 기회를 준다. 지금부터 열을 센다.
    셋을 샐 때, 트럭에서 뛰어내려 강으로 뛰는 거다.
    열을 샐 때까지만 내 눈 앞에서 사라져라.
    강물을 건너가든지,
    강물 속에 고개를 처박고 있든지 그건 자유다.
    돈 준 놈들한테만 기회를 주는 거다.
    왜냐? 돈 낸 놈들만 이걸 구경하러 와 있으니까.
    열을 세고 나면 한 바탕 총질을 하고
    이 차는 떠날 거다. 왜냐? 그게
    돈 준 놈들에 대한 국가적인 예의니까. 하나!

    트럭이 지나가는 소리가 요란하다.
    조명은 남자와 여지기 손을 꼭 잡고 뛸 차비를 차리는 모양을 비추고 나서 완전히 감감해진다.

경찰여 (메가폰소리다) 투! (둘, 니, 얼 중국어, 일본어, 러시아어로 기계음으로 울려퍼진다) 무대를 지나가는 요란한 트럭소리.

경찰여 (메가폰소리로) 쓰리! (삼, 쌈, 싼 하는 기계음이 폭발하듯 터져나간

다)

유리창이 깨지고 장막이 찢기고 벽이 무너지는 소리와 함께 연이어지는 탈출 행렬. 그 뒤를 황급히 따르는 포, 파이브, 식스, 세븐, 에잇, 나인, 텐······ 소리. 연이어지는 총소리! 대포소리, 전쟁과도 같은 포성······.

세상 전부를 폭파시키는 듯한 화려한 불꽃이 인다.
원자폭탄 터지는 장면처럼······.

그 불꽃을 무대 한운데서 서로 껴안고 지켜보고 있는 남자와 여자.

암전.

희미한 어둠.
마치 새벽강에 안개가 낀 듯.
프롤로그 장면과 유사하다.

무대 전체가 강변의 물안개 속인 듯도 하고, 아니면 그런 강 풍경을 담은 그림 같기도 하다. 뭉글뭉글 안개가 흐르는 기운처럼 은은하고 애잔하게 흐르는 음악.
남자, 안개를 밟고 나오듯 등장한다.

여자가 강 풍경 속에 자신이 들어가 놓일 자리를 찾다가, 남자와 시선이 마주친다.

남자, 여자 아니……. (서로 알 듯 모를 듯)

　　둘은 이내 돌아서서 다시 강 풍경을 살핀다.
　　애써 서로를 의식하지 않고 풍경 속에서 무언가를 찾고 있는 듯 헤맨다.
　　얼핏, 부딪쳤다 다시 풍경에 젖는다.

　　조명을 받으며 모습을 바뀌어 가는 무대.

　　노래 「강 건너 돌아오지 않는 사람」 전주곡이 흐르고.
　　풍경 둘레를 도는 남자와 여자.
　　노래하는 사이 서로 가까워지는 두 사람.

남자 (노래) 보이나요 들리나요
　　　　내 가슴속으로 흐르는 강물.

여자 (노래) 길을 걷다보면 어디선가
　　　　강물 흐르는 소리가 들려요.

남자 (노래) 나는 밤마다 그 강으로 걸어가지만
　　　　그 강은 아득히 저 멀리 흘러가고 있지요

여자 (노래) 그 강을 건너는 나룻배 소리도 들리고
      날개를 퍼득거리며 나는 새소리도 들려요.

남자 (노래) 안개가 자욱한 강이지요.
      그 안개 속으로 누군가 걸어들어가죠.

여자 (노래) 귀를 막고 길을 걸으면
      강물 위에 드리운 그림자가 보여요.

남자 (노래) 나는 여기서 손을 흔드는데
      그 사람은 안개 속으로 걸어들어가
      강물 속에 잠기지요.

여자 (노래) 강물 위를 건너는 배
      누군가 노 저어 가는 배
      안개 속으로 사라져가는 배

남자, 여자 (함께 노래) 보이나요 들리나요
      (이제는 놀라지 않고 서로를 잡고 보듬으며)
      내 가슴속으로 흐르는 강물
      강물 속으로 안개 속으로 떠나가는 사람

남자 (노래) 나는 여기 있는데

여자   (노래) 그 사람은 강물 속으로 가고

남자, 여자   (노래) 그 사람 강물 속으로 강물 속으로
　　　보이나요 들리나요
　　　강물 속으로 떠나는 사람
　　　아, 돌아오지 않는 사람

　둘의 짙은 포옹.

　점점 희미해지는 무대.

　암전.

강 건너 돌아오지 않는 사람

1.

보이나요 들리나요
내 가슴속으로 흐르는 강물.
나는 밤마다 그 강으로 걸어가지만
그 강은 아득히 저 멀리 흘러가고 있지요

안개가 자욱한 강이지요.
그 안개 속으로 누군가 걸어들어가죠.
나는 여기서 손을 흔드는데
그 사람은 안개속으로 걸어들어가
강물 속에 잠기지요.

보이나요 들리나요
내 가슴속으로 흐르는 강물
강물 속으로 안개 속으로 떠나가는 사람

나는 여기 있는데
강물 속으로 떠나는 사람
아, 돌아오지 않는 사람

2.

길을 걷다보면 어디선가
강물 흐르는 소리가 들려요.
그 강을 건너는 나룻배 소리도 들리고
날개를 퍼덕거리며 나는 새소리도 들려요.

귀를 막고 길을 걸으면
강물 위에 드리운 그림자가 보여요.
강물 위를 건너는 배
누군가 노 저어 가는 배
안개속으로 사라져가는 배

보이나요 들리나요
내 가슴속으로 흐르는 강물
강물 속으로 안개 속으로 떠나가는 사람

나는 여기 있는데
그 사람은 강물 속으로 가고
아, 돌아오지 않는 사람

예술품 사고팔기

은행가들은 모여서 예술을 논하고
예술가들은 모여서 돈을 논한다지만,
오늘 이 자리에는 재벌도 있고, 예술가도 있지.
국립대 교수님도 있고, 살림하는 주부님도 있지.

강인한 육체는 무용담을 낳고
뛰어난 영혼은 예술을 낳는다지만,
오늘 이 자리에는 군인도 있고 시인도 있지.
미대 졸업반 학생도 있고 중화요리 집 주방장도 있지.

은행가들은 모여서 예술을 논하고
예술가들은 모여서 돈을 논한다지만
이 풍성한 예술품 앞에서는
우리는 모두 친구가 되지!
오, 예술의 고고한 정신이
우리들 마음에 평원을 이루네.

강인한 육체는 무용담을 낳고
뛰어난 영혼은 예술을 낳는다지만,

이 풍성한 예술품들 앞에서는
모두 친구가 되지.
오, 예술의 고고한 정신
우리들 마음의 평원!

영혼 잃은 삶

1.

전문대 심화과정 졸업하고 사회에 나와
경력 10년에 월 2백만원 봉급 받아
집세하고 관리비가 60이요,
식대가 40, 중고 승용차 연료비에 수리비가 50,
세탁비 5만, 경조사비 10만, 회식비 10만,
엄마한테 20만원 부치는 효녀!
수수한 내 옷차림, 공주 드레스 같다던 남자친구
아주 동양적인 내 몸매, 푸근하다던 연하남자
내 앞에서 휴대폰 게임 하며 탄성! 고개 돌려 하품!
오, 이제 진정 내게는 사라지고 없나,
오, 피카소의 걸작 「아비뇽의 처녀들」 같은 내 자유,
르노아르의 우아한 「피아노 앞 소녀들」 같은 내 영혼!

2.

새벽같이 일어나 지옥철 타고 출근

하루 종일 위에서 내리치고 밑에서 치받지.

퇴근하고 집에 오면 여덟시 반.

회식이라도 하는 날엔 그냥 녹초.

봉급은 아내 통장으로 직행.

특근 수당 꼬불쳐 둔 걸로 으흼! 큰기침!

나는 한 가족의 가장. 한 가족의 태양.

마누라 생일, 양가 부모님 선물, 가족 외식, 주말 여행,

여름 피서 휴가, 봄방학 특별 가족여행 모두 내가 앞장서지.

인터넷에서 할인권 다운 받아, 전람회 구경.

오, 고호의 「별이 빛나는 밤에」는 밤하늘에만 있고

모네의 은은한 「수련」 그림은 공원 연못에만 있네.

진짜 인생

세상 사람들은 아시아 동쪽 끝에
숨어 있는 아기자기한 풍물을 보기 위해
서울의 인사동 골목으로 여행을 가지.

세상 사람들은 동서양 문물이 뒤섞이는
역사적인 문화의 현장을 보기 위해
베이징의 유리창 거리에 여행을 오지.

맛있는 음식을 배불리 먹고 사는 것도 좋지만
낯선 거리 새로운 감각을 만나
빈 가슴 채우는 게 진짜 인생이지.

먹고 마시고 사고 쓰고 버리는 여행 말고
낯선 풍물 새로운 지식을 보고
빈 가슴 채우는 게 진짜 인생이지.

추격자의 노래

어디로 갔을까, 어디로 갔을까.
이 거리 저 거리, 이 구석, 저 그늘 다 뒤져봐도
어디로 갔을까, 어디로 갔을까.

어디로 갔을까, 어디로 갔을까.
화려한 도시 불빛 아래에도, 얼룩진 뒷골목 어둠 속에도
그 어디에도 없네, 어디로 갔을까.

아무리 날렵한 도둑고양이도 날 밝기 전에
들쥐 똥 부스러기 한 점은 남기게 되어 있는 법

저 멀리 날아가는 철새도 어느 허공쯤에서
깃딜 하나는 날리게 되어 있는 법

세상에 완전한 도망자는 없어.
세상에 완전한 도망자는 없어.
부처님 손바닥에서 노는 새끼원숭이지!
부처님 손바닥에 원숭이새끼!

맨처음 강물

1.

나 여기 왔네
나를 부르는 소리
나를 어루만지던 눈길
맨 처음 강물을 흘려보낸 이곳에 왔네
그대의 흔적을 찾아 날마다 이곳에 있네
안개가 모여 사는 마을
어린 나무들이 수줍은 새싹을 틔운 아침을 향해
나 여기 있네 나 여기 있네

2.

나 여기 왔네
끊어진 산맥 그 끝에 새로 길을 내고
무릎을 깨는 자갈밭에 피를 뿌리며
나 여기 왔네 나 여기 왔네
내 마음속으로 들리는 강물 소리 따라
안개가 모여 사는 마을
어린 꽃들이 수줍은 빛깔을 내기 시작한 아침을 지나
나 여기 왔네 나 여기 왔네

아무르강에 모두 모였네

아무르, 아무르, 청춘남녀 아무르강
저 먼 시베리아에서부터 몽골도 지나고
중국도 지나며 흘러온 아무르강.
이 안개 속으로 세상 사람들 다 모여 들었네
러시아 사람, 중국 사람, 한국 사람, 몽골 사람…….

아무르, 아무르, 사랑의 강 아무르강
이 강으로 세상 물건들 다 모여 들었네.
러시아 인형 마트로스카, 중국 옷 창파오,
일본 만화 미야자키 하야오,
한류 배우, 이영애, 배용준, 이병헌, 고현정…….

아무르, 아무르 사랑의 강 아무르
백두산에서 쑹화강 흘러,
쑹화강에서 아무르강으로!
세상 사람들 다 모여 들었네
세상 물건들 다 모여 들었네.

도무지 알 수 없는 일 하나

1.

도무지 알 수 없는 일 하나.
그 사람 살던 집, 그 사람 놀던 강
빛과 그늘, 웃음과 눈물 여기 다 있는데
도무지 알 수 없는 일 하나.
나는 지금 다른 느낌을 찾고 있어.
그늘진 미소, 바람둥이 같은 눈길
다른 느낌, 야릇한 향기에 이끌려.
도무지 알 수 없는 일 하나.

2.
어째서 이런 일이 생겼을까.
강물 흐르는 소리를 따라
머나먼 길을 걸어서 왔는데
도무지 알 수가 없네.
내 마음 속 그 사람 기억 속으로
다른 눈빛 다른 향기가 묻어나네.
다른 말씨 다른 느낌 다른 사람
어째서 이런 일이 생겼을까.

애인은 물이 되어 흐르고

우리 애인, 물을 사랑해.
지난 여름엔 강가로 갔지. 수심이 깊은 만큼
물살이 세고 사랑도 깊어, 잠겨
돌아오지 않았어.

애인은 물을 사랑해, 비 오는 날에는
창문에 박혔다 흘러내리는 것을 황홀하게
본다. 우산을 세우고 오히려 우산 밖에 서서
살갗에 닿았다 흐르는 물을 따라

애인은 물이 되어 흐르고.
가뭄의 긴 긴 날에 애인의 눈물샘에
그렁그렁. 그 여름날의 마른 강가의 슬픈 사랑.
마침내 눈물 흘러 강바닥을 적시고.

어느 날은 산에 들에
기쁨처럼 넘치는 큰물, 나무들은
다투어 강물에 몸 던지고, 돼지들의 웅성거림.
초가와 양옥들이 물 위에 모여 놀았었네.

오, 애인은 물을 사랑해. 수심이 깊은 대로
잠겨 흐르고, 책과 옷가지도 모두 지닌 채 지난 여름
강가로 갔었네. 흐르면 흐르는 대로 기뻐 울며
흘러 돌아오지 않는 물이 되어.

흘러 돌아오지 않는 물을 내 더욱 사랑해.

란강의 추억

내 눈물 마르거든
울어주렴 봄새야. 목 다 쉬거든
봄풀아 파란 눈 깜빡여주렴.

해란강 봄물가
봄이끼 놀 때
장수 잃은 빈 말 서성이네.

사람의 갈비 속
기억을 쌓는 창고가 있어
그 문을 열면 썩은 곰팡내.

톱밥안개
뾰족돌 폭음탄
아픔은 없고

구름 지고도 오랜 뒤에야
때때로 가는 비
오관(五官)을 적시며 흘러나니

이른 봄날 아침
영혼은 휘파람, 껍데기 사내가
란강의 추억 안에 들어와 눕는다.

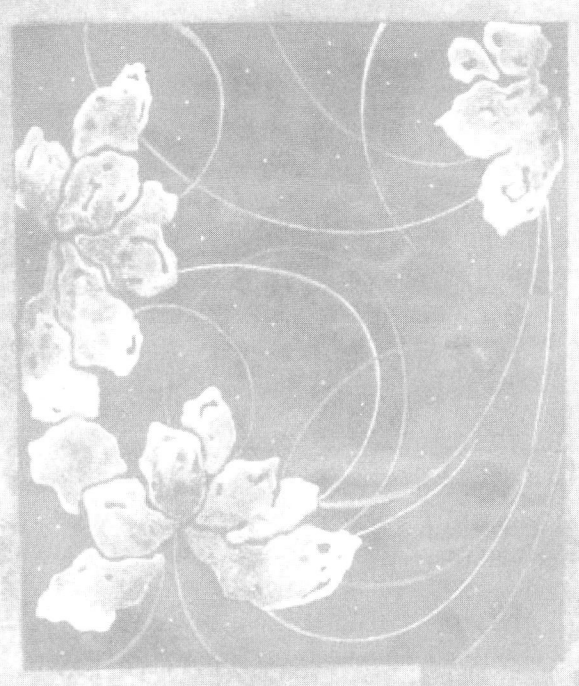

시 뭐꼬?

시 뭐꼬?[1]

2007년 9월 14~15일 2회 공연

'뮤지컬 시극(詩劇)'이라 할 만한 이 창작극은 일생을 시와 선의 세계를 추구하며 살아온 김달진 선생의 정신적 탐색을 극화한 것이다. 2007년 김달진 시인 탄생 100주년과 제12회 김달진문학제의 기념특별공연으로 진해시민회관 대공연장에서 9월 14~15일 2회에 걸쳐 초연되었다.

김달진 시인은 1907년 진해에서 태어나 시인·교육자·역경문학가·승려 등으로 살아온 분이다. 1930년대 후반 김동리·서정주 등과 함께 『시인부락』 동인으로 활동했고, 시집 『청시(靑柿)』『올빼미의 노래』 등을 발간했으며, 『고려대장경』『장자』『채근담』『한산시』 등 무수한 고전을 번역했다.

이 공연을 위해 박덕규(극본·작사)·문종근(연출)·우무석(예술감독)·백현진(기획)·설진환(작곡)·장해근(무대미술) 등이 참여했고, 극중에 김달진·최동호의 시를 비롯하여 조정권·이준관·엄원태·장옥관·최정례·이문재·조용미

---

1 "시가 무엇이냐?"라는 말을 경상도 사투리로 표현한 조어다.

등 역대 김달진문학상 수상자들의 시, 김주연·김민지 등 월하 백일장 장원작, 평론가 김윤식·이숭원의 '김달진론'이 활용되고 있다.

속에서 성으로, 성에서 속으로 향하는 두 사내의 엇갈린 고행과 그 합일!

바쁘고 고되지만 일상이 주는 행복에 빠져 살던 30대 사내는, 세속의 연을 끊고 혼자 살아가는 40대 사내의 모습에 반해 삶의 자유로운 경지를 찾아 떠난다. 이와 반대로, 혼자 낯선 세계를 떠돌며 살아가던 40대 사내는 30대 사내 가족이 사는 단란한 모습에 이끌려 다시 세속의 세계로 찾아 떠나온다. 30대 사내는 일상에서 탈속(脫俗)을 통해 성(聖)에 이르는 길을 택한 것이고, 40대 사내는 탈속의 세계에서 속(俗)을 향해 가면서 다시 성(聖)을 이루려 하고 있다. 그 과정에서 두 사람은 서로 엇갈리는 행보를 걸으며 거듭 고행 길을 가게 되고, 마침내 그 고행을 통해 진정한 삶이란 개인의 본성 속에 있음을 깨닫게 된다.

속에 있되 성을 향하고, 성에 이르되 속을 잊지 않음이 곧 선의 경지이고, 이것이 시의 정신이다. 바로 그 경지를 추구한 김달진 시인의 시와 삶의 정신적 편력을 극화했다.

노래와 춤, 낭송과 연주, 묘기와 수화까지!

이 공연은 배우의 연기를 중심으로 노래와 시 낭송을 곁들이면서, 악기 연주·춤·축구묘기·수화 등을 활용해 자칫 딱딱해질 수 있는 내용을 극적 구조와 볼거리 많은 장면으로 채워 보았다. 10여 편의 시가 새로운 노래로 불려지거나 낭송·강독되고 있지만, 여기에 여러 편의 창작 노래가 보태져 전체적으로는 음악극 분위기를 유지했다.

연출에 따라, 실제 시인을 극중의 행인으로 출연시켜 자작시 낭송을 하게 할 수도 있고, 막간을 이용해서 시인들의 시 낭송과 짧은 문학강연을 삽입해도 좋을 것이다. 막간에 특별한 이벤트를 하지 않으면 각 막 당 20여 분 정도가 소요되어 극 자체로는 전체 1시간 30분 이내의 공연물이 된다.

초연 때는 이 극본의 내용 중 특히 2막에 배치한 '수화' 대화 부분이 생략되었고, 프롤로그에서 주인공 두 사내의 2인 퍼포먼스가 가미되기도 하면서 총 1시간 10분의 공연이 되었다.

구성

프롤로그 **별을 보고 말을 잊어**

제1막 **이렇게 사는 것도 좋지만**
백일장 장원작품(「줄넘기」, 「이슬」), 「물방울 무덤들」(엄원태), 「타워 크레인」(이문재), 「독락당」(조정권) 등의 시편과 노래가 활용된다.

제2막 **학교와 시장 사이**
「여자와 군인」(최정례), 「가을 떡갈나무숲」(이준관) 등의 시편과 시를 수화로 표현한 무언극이 이루어진다.

제3막 **공놀이 시놀이**
「공놀이하는 달마」(최동호), 「검은 담즙」(조용미), 「가오리 날아오르다」(장옥관), 「자유」(김달진), 「자유롭지만 고독하게」(이문재) 등의 시편들이 활용된다.

에필로그 자유롭지만 고독하게

이 사람들의 행로를 지켜 보세요!

30대 사내 : 20대 여인과, 아이와 한 가족을 이루어 사는 과장급 회사원. 그러나 일상의 틀을 깨고 자유로워지고 싶어한다. 어느 날 40대 사내의 호젓한 삶을 보고서 그런 삶을 향해 고행의 길을 떠난다.

40대 사내 : 자유로운 삶을 추구하며 혼자 호젓한 산을 찾아다니며 살고 있다. 30대 사내 가족의 화목한 정경을 본 것을 계기로 점점 회의에 빠져 속세의 화목한 삶을 그리워하며 속세로 돌아오는 고행 길로 나선다.

30대 여인 : 30대 사내와 가정을 이루어 사는 역할. 그런데 때로, 30대 사내가 꿈꾸는 삶의 실천자인 40대 사내의 다른 모습이 되기도 한다. 훌라후프를 잘 돌린다. 1인 2역을 맡아 30대 사내의 부인이자, 30대 사내가 바라는 자유 세계의 아름다움을 대신한다.

아이 : 30대 사내와 30대 여인의 딸로 12세. 가끔 극중 내레이터 역할을 한다.

연인 1팀 남녀 : 책을 읽고 있다.

연인 2팀 남녀 : 음악을 즐겨 듣는다.

여자 : 시 「여자와 군인」의 여자 역을 맡는다.

군인 : 시 「여자와 군인」의 남자 역을 맡는다.

수화하는 사람1, 2 : 시 「여자와 군인」에 맞춰 수화를 한다.

검은 사람 : 시 「공놀이하는 달마」의 내용을 공 차는 묘기로 표현한다.

기타 행인들.

이 중에서 다수는 1인 다역을 하는 것이 좋다.

일러두기

이 극은 뮤지컬 형태의 공연물이라 대사의 많은 부분이 노래로 불려지며,
또 시극을 겸하고 있어 많은 시들이 노래ㅏ 낭송으로 표현된다.

배우의 대사 중에서 편한 일상어나, 빠르게 발음해야 하는 부분은 줄글 형
식으로 나열했고, 운율감을 필요로 하는 대사는 시행 형식으로 표현했다.

노래나 시는 굵은 글씨로 강조했고, 그 중 발표된 기성 작품에서 따온 대목
은 기울임체 글씨를 쓰고 특별히 각주를 달아 원전을 밝혔다.

별을 보고 말을 잊어

막이 오르면 어둠이 내린 소도시의 밤이다.

사람들이 바삐 오간다.

자동차는 없고, 간간이 자전거 타고 가는 사람들이 보인다.

30대 여인과 아이가 손을 잡고 걷고 있다.

40대 사내가 별을 보며 걷다가 30대 여인과 부딪친다.

30대 여인 (자기 실수가 아니어서 찜찜하게) 아, 죄송해요.

40대 사내 (말을 하려는데 갑자기 말이 안 나온다) 어어…….

아이 (멈춰서 하늘을 보면서) 엄마, 하늘 좀 봐.

30대 여인 (잠깐 같이 멈춰서며) 우와, 그래 별이 쏟아질 것 같구나!

행인들도 길을 가다 말고 하늘을 보며 감탄하는 모습.

행인1 살다 보니 이런 날도 있네.

행인2 이게 다 오염퇴치 운동 덕분 아니겠어.

40대 사내도 그들 속에 있으면서 고개만 끄덕끄덕할 뿐 다른 말은 하지 못한다. 이때 30대 사내가 퇴근 차림으로 생일 케이크를 들고 등장.

30대 사내 별빛이 폭죽처럼 터지는구나!

30대 여인과 아이는 반갑게 30대 사내를 맞고. 세 사람은 함께 아이의 생일 파티를 하러 간다.
뒤를 따르듯 걸어온 40대 사내, 혼자서 밤하늘을 본다. 처음에는 힐끔거리듯 보더니 점점 별들에 몰두한다.

서서히 조용해지는 무대. 조명은 40대 사내 혼자만을 비춘다.

40대 사내 (감탄하듯 방백) 저 많은 별들 중에 어떤 별 하나가 내 눈길을 자꾸 끌어. 어제도 그런 듯하고, 그제도 그런 듯하고, 아 오늘도 그러네. 멀리 있는 애인인 듯 나는 저 별에서 눈을 뗄 수가 없네. 저 별은 도대체 어디에 있는 별일까? 나, 저 별을 찾으러 갈까

116

봐.

(노래) 아, 깊은 밤, 별빛이 폭죽처럼 터지는 밤
    하늘을 보다가 멀리 있는 애인을 생각했네.
    저 하늘 별들 중에 별 하나가 유난히 반짝거리는 걸 보았네.
    어제도 그제도 그리고 오늘도 변함 없이 반짝이는 별.
    수 억년 전부터 저 하늘에 있었을 별[2]
    그 별은 도대체 어디에 있는 별일까?
    그 별은 도대체 누가 사는 별일까?
    나는 말을 잊고 별만 생각하네.
    저 별 앞에서 나는 말을 잊었네.

    노래하는 동안 40대 사내 주위로 모여드는 사람들. 30대 사내 가족도 있다.
그들 사이를 거니는 40대 사내.

사람들 (노래) 아, 깊은 밤, 별빛이 폭죽처럼 터지는 밤
    멀리 있는 애인 생각을 잊고, 나는
    별 중에 별, 유난히 반짝거리는 별 하나를 보았네.

아이 (노래) 어제도 그제도 그리고 오늘도 변함없이 반짝이는 별.

---

2 김달진의 시 〈애인〉의 일부를 활용했다. 전문은 이렇다. "깊은 밤 뜰 위에 나서 / 멀리 있는
  애인을 생각하다가 / 나는 여러 억천만 년 사는 별을 보았다."

30대 여인 (노래) 어제도 그제도 그리고 오늘도 변함 없이 반짝이는 별.

30대 사내 (노래) 수 억년 전부터 저 하늘에 있었을 별.

40대 사내 (노래) 저 별을 보지 않고 나는 무슨 별을 보았나?
저 별을 말하지 않고 나는 무슨 별을 말했나?

모두 함께 (노래) 나는 별을 찾아 길을 떠나겠네.
영원히 반짝이는 것을 찾아 나는 길을 떠나가네.

떠나면서 사라지는 사람들. 암전.

제1막
이렇게 사는 것도 좋지만

야산.

나무 그늘과 초원 위에 산책을 나와 있는 사람들이 여럿이고, 간간이 사람들이 지나다닌다.

한쪽은 야트막한 둔덕. 또 한쪽은 바위가 우뚝 솟아 있다.

무대 한가운데, 30대 사내, 30대 여인, 아이, 이들 가족은 휴대용 돗자리를 깔아 놓고 쉬다가 가끔씩 번갈아 일어나 줄넘기도 하고 훌라후프도 돌린다.

좀 떨어진 곳 벤치에 연인1, 2팀이 앉아 있다.

연인 1팀은 시시덕거리며 책을 같이 보면서 공책에 뭔가를 부지런히 옮겨 쓰고 있다.

연인 2팀은 이어폰을 하나씩 나눠 끼고 음악을 듣고 있고 그 중 남자는 기타를 안고 있다. 연인2팀이 듣는 음악이 가끔 밖으로 흘러 옆에 앉은 연인1팀이 짜증을 내기도 한다.

뒷걸음으로 지나가는 노인도 있고, 공을 차면서 가는 축구선수도 있고, 썬캡을 쓰고 경보 걸음을 걷는 뚱뚱한 아줌마, 동냥 모자를 든 시각장애인, 고뇌에 찬 모습으로 천천히 걸어가는 40대 사내, 걷다 말고 "지역의 대통령이 아니라, 진짜 나라의 대통령이 돼야 된다 이기라." "하모, 이 쫍은 땅띠에 지역이 있시모 얼매나 있겠노." 하며 대선 정국 얘기에 침을 튀기는 중년 남자들도 있다.

위 사람들이 두어 차례 등장했다 사라지면서 같은 동작을 반복하거나, 역할을 바꾸어 행동한다. 우스꽝스럽다. 시끌벅적하다.

이들의 움직임과는 아무런 상관 없는 걸음걸이로 40대 사내가 걸어나오다가 무대 오른쪽 바위에 비스듬히 기대 앉아 명상하듯 눈을 감고 무언가를 중얼거리고 있다.

화기애애한 30대 사내 가족. 앉아 쉬는 아빠를 일으켜 세워 함께 줄넘기를 하는 아이, 이번에는 엄마를 일으켜 훌라후프를 시킨다. 아빠가 능숙하게 줄넘기를 하고, 이어 엄마의 능숙한 훌라후프 솜씨. 벤치의 연인팀들이 그걸 보고 놀라워하며 환호! 지나는 행인들도 잠깐씩 멈춰 서서 감탄한다.

40대 사내도 힐끔 돌아보았다가 다시 눈을 감는다.

아이가 가볍게 줄넘기를 하면서 무대 정면 앞으로 나와 선다.

아이 (줄넘기를 하는 아빠 쪽에 잠시 눈길을 두었다가 관객들을 향해) 줄넘기 잘 하시죠? 매일 아침 저랑 줄넘기를 하셔서 이젠 줄넘기 세계 대회라도 있으면 출전을 해야 할 것 같아요. 원래 살이 좀 없으신데, 아침마다 운동을 해서 그런지 이젠 빼빼 마르셨죠. 호호, 근데 저는 운동을 하는데도 자꾸 살이 쪄요.

아빠의 2단 뛰기 줄넘기. 관객들도 감탄. 엄마의 홀라후프 솜씨도 빛을 발하고. 부부의 능수능란한 모습에 연신 감탄과 환호! 행인들이 아이 일가족 주변으로 둘러앉은 듯한 분위기.

아이 우리 엄마도 홀라후프 잘 돌리시죠? 처녀 허리 같죠? 저를 낳고 살이 쪄서 아빠가 가슴, 허리, 엉덩이가 구분이 가지 않는다고 통나무 같다고 놀리곤 하셨는데 이젠 매일 홀라후프를 해서 저렇게 날씬하시답니다. 근데, (말소리를 낮추고) 한 가지 비밀이 있는데요, 엄마가 홀라후프를 돌리시는데 한쪽 방향으로밖에 못 돌리세요. 자세히 보면 엉덩이가…… 히히 짝궁뎅이…… (사람들 키득키득) 그래서 우리 엄마는 평소에 혼자 서 계실 때는 홀라후프 없이도 늘 반대 방향으로 허리를 돌리곤 해요.

아빠, 엄마 (동작을 멈추고, 아이에게 쓸데없는 말 그만 하고 들어오라는 손

짓)

아이 저는 매일 아침 아빠하고 줄넘기를 하니까, 참 기분이 좋아요. 살은 안 빠지지만요. 그리고 또 좋은 게 있어요. 제가 지난번에 월하전국백일장에 나갔거든요. 그때 글제가 뭐였는지 아세요? 바로 '줄넘기'였잖아요. 저는 우리 아빠랑 매일 줄넘기를 하니까 그 얘기를 운문으로 썼죠. 그랬더니 글쎄, 제 글이 장원으로 뽑혔지 뭐예요. (여기저기서 **환호성!**) 그때 상품이 뭔지 아세요? 도서상품권이 30장! 책을 오십 권이나 샀는데 남아서 사촌동생 입학식 선물로 한 장 주고, 학급문고 만드는 데 석 장, 그리고 으음…… 제 남자 친구 생일 때 생일선물 말고 두 장을 슬쩍 책에 끼워 넣어 주고,…… 그래도 아직도 남아 있어요. (다시 환호성! 슬몃, 우쭐해 하는 아빠, 엄마.)

연인 1팀 여자 (벤치에서 일어서서 아이에게 다가온다) 백일장 운문부 장원? 야, 그것 재밌겠다. 그 작품 뭘 수 있어? 한번 읊어봐 줄래?

망설이는 아이. 연인1팀 남자도 따라와 섰다.

연인 1팀 남자 그래, 그거 좀 들어보자. 오늘 저녁에 우리 집에서 조카 애들 다 모아 놓고 글짓기 지도해 준다고 큰소리쳤거든!

연인 1팀 여자 그래, 이 오빠 집에서는 내가 글을 아주 잘 쓰는 걸로 알고 있어. 초등학교 때 교내 백일장 나가서 입선 한번 하고 상품으로 생떽쥐베리의 『어린 왕자』한 권 받은 게 내 실력 전분데 말이야.

아이가 망설이며 부모 눈치를 보는데, 연인2팀, 갑자기 자신들이 듣던 음악 불륨을 높이다가 놀란다. 높아지는 음악 소리. 의외로 클래식이다.

연인 2팀 남자 아, 이 음악 괜찮다!

연인 2팀 여자 그래, 이 음악 깔고, 장원 작품 한번 읊으면 되겠다.

연인 1팀 남자 으흠, 잇츠 굿 아이디어!

연인2팀 여자 으흠 (어깨 으쓱!)

연인 2팀 남자 (불륨 조정을 하고) 자. 어서어서…… 아이가 머뭇거리고, 아빠, 엄마도 만류하다 말고, 수변 사람늘이 모두 부추긴다.

아이, 결국은 무대 가운데 서서 또박또박 낭송한다. 아예 주머니에서 종이를 꺼내 읽어도 좋다.

연인 1팀 여자 쟤, 아예 작품을 주머니에 넣어다니는가 봐.

연인 1팀 남자 아냐. 다 외우겠지, 장원했대는데.

아이 제목 「줄넘기」

아침마다
우리 집 앞 좁은 골목길에선
퉁퉁한 나와
삐삐 마른 아빠가
줄넘기 합니다.

하나
둘
셋
마주보고 웃으며
줄넘기 합니다.

아빠와 내가 만드는
작은 세상이
동그랗게
동그랗게
돌아갑니다.[3]

---

3 김주연의 운문 「줄넘기」(2000년, 제5회 월하전국백일장 초등부 장원) 전문.

모두들 박수! 박수!

아이가 읊은 시를 부지런히 따라 적던 연인 1팀 여자, 동그랗게, 동그랗게 돌아갑니다 복창하듯 하고는, 급히 아이를 다시 부추긴다.

연인 1팀 여자 야 좋다, 좋다. 근데, 그것 말고 또 더 없어? 한 편 더 안 되겠니? 안 되겠어? 응?

연인 1팀 남자 그래, 한 편 더 해봐. (자기 연인한테) 다 적었지? 준비 해, 어서.

아이가 또 머뭇거리자, 연인 2팀은 새로운 음악을 더 크게 틀고, 주변 사람 들이 "한 편 더! 한 편 더!"를 연호한다.

아이 (쭈뼛쭈뼛하다가) 이건, 제가 어제 아침에 느낀 걸 쓴 건데요. 제 목은 「이슬」이고요. 아아아 (슬쩍 발성연습을 하고, 연인 2팀, 어느새 새로 작곡된 「이슬」 전주곡을 흘리고, 아이는 노래를 부른다)

동글동글 이슬 대굴대굴 이슬.

이슬은 겁도 없지요.

엄마 손도 잡지 않고

나뭇잎 위로 살금살금 걸어가지요.

애벌레도 두리번두리번

호랑나비도 두리번두리번

숨고 나면 바로 잠잘 시간
나뭇잎이 살짝 숨겨주지요.
일어나기 전 햇님이 아침식사
꿀꺽!
삼켜버리지요.[4]

온통 환호와 박수. 연인2팀이 어느새 아이 곁에 와서 율동. 노래가 끝나자마자 곧바로,

연인 2팀 남녀 (아이가 한 노래를 받아 2중창으로 부르면서, 적당히 노래 가사를 바꾸고, 사이좋게 율동을 섞으면서)

애벌레도 두리번두리번
호랑나비도 두리번두리번

연인 1팀 남녀 (다시 한번 노래)

애벌레도 두리번두리번
호랑나비도 두리번두리번

아이, 연인 1, 2팀 함께 노래

숨고 나면 바로 잠잘 시간

---

4 김민지의 운문 「이슬」(2004년 제9회 월하전국백일장 초등부 장원) 전문.

나뭇잎이 살짝 숨겨주지요.
아, 그런데 아침 이슬
다시 잠 깨어 나기도 전에
햇님이 아침식사
꿀꺽!(꿀꺽! 꿀꺽!)
삼켜버리지요.[5]

이 대목 노래는 30대 사내 가족이 다시 한번 반복해서 불러도 좋다. 간간이 이들을 훔쳐 보듯 하던 40대 사내는 이때부터 화목한 분위기에 취한다.

노래가 끝나자, 모두들 박수! "자, 분위기 살려야지!" 하는 소리가 들리고, 그 중에서 연인1팀 남자가 책을 든 채 여자에게 떠밀려 나온다.

연인 1팀 여자 자, 자, 이럴 때 한번 읊어 봐. 혼자 듣기 아까워서 그래.

연인 1팀 남자 나더러 무얼 어떡하라구! (자기를 떠민 애인을 나무면서도 그리 싫어하는 눈빛이 아니다.) 저는 아까부터 계속 이 시를 보고 있었는데요, 사실 뭐가 뭔지 잘 모르겠더라구요. 그런데 우리 장원 친구가 (아이를 돌아보며) 「이슬」이라는 동시를 노래하는 걸 들으니까 갑자기 이 시도 다 알게 된 듯한 느낌이 드는 거 있죠. 저도 한번 읊어 봐도 될까요? 아아, 책 보고 할게요.

---

[5] 위 「이슬」의 후반부를 일부 변형했다.

연인 1팀 남자가 박수를 유도하자, 마지못해 다들 박수. 그래도 기대는 된다는 분위기. 감정을 넣는다. 어느새 음악 멎고 대신 물방울 듣는 소리. 이 소리는 조금씩 빗방울 듣는 소리로 바뀌고.

연인 1팀 남자 (낭송한다)
「물방울 무덤들」. 엄원태.
아그배나무 잔가지마다
물방울들 별무리처럼 맺혔다
맺혀 반짝이다가
미풍에도 하염없이 글썽인다
(의외로 저음이라 모두들 낭송하는 분위기에 젖고.
처음에는 다들 비가 오는 것도 모른다.)

누군가 아그배 밑둥을 툭, 치면
한꺼번에 쟁강쟁강 소리내며
부스러져 내릴 것만 같다

저 글썽거리는 것들에는
여지없는 유리 우주가 들어 있다
나는 저기서 표면장력처럼 널 만났다

하지만 나는

저 가지 끝끝마다 매달려
하염없이 글썽거리고 있다

언제까지고 글썽일 수밖에 없구나, 너는, 하면서
물방울에 가까이 다가가 보면
저 안에 이미 알알이
수많은 내가 거꾸로 매달려 있다.[6]

낭송이 끝나고도 모두들 한동안 비 듣는 소리를 그대로 듣고 있다가, 한참 만에 실제로 비가 오는 걸 깨닫고 한둘씩 우산을 쓰거나, 머리에 손을 얹으며 무대를 떠나고 있다. 비 듣는 소리는 이내 그치고. 40대 사내가 한참 만에 바위에서 내려와 사람들이 떠난 자리를 아쉬워하다가 30대 사내 가족이 두고 간 수건을 든다. 잠깐 냄새를 맡아본다.

40대 사내 (사람들의 흔적을 더듬듯이 무대 위 여기저기를 왔다갔다 하며)
사람들 모두
산으로 바다로
新綠철 놀이 간다 야단들인데
나는 혼자 뜰 앞을 거닐다가
그늘 밑의 조그만 씬냉이꽃 보았다.
(자신이 앉았던 바위 밑에 쪼그리고 앉으며)

---

6 엄원태 시 「물방울 무덤들」 전문.

이 우주
여기에
지금
씬냉이꽃이 피고
나비 날은다.[7]

40대 사내, 고독하지만 그 고독의 길이 숙명인 듯, 다시 바위에 앉는다. 깜빡 잊고 둔 수건을 찾으러 온 30대 사내가 수건 대신 40대 사내의 모습을 보게 된다.

30대 사내 아, 여기 있던 수건을 못 보셨…… 이 동네 분이 아니신 듯한데, 거기서 뭘 하세요? (40대 사내는 돌아보지 않고) 벌써 몇 달째 그렇게 혼자 계시던 분이 아니시던가요? 거기서 무얼 하시고 계세요?

두 사람 사이에 보이지 않는 문이 있는 듯하다. 30대 사내가 아무리 엿보아도 40대 사내는 무표정하다. 30대 사내가 그 문을 열어보려 하지만 문은 꿈쩍도 하지 않는다. 30대 사내, 끝내 그 문을 열어보지 못하고, 안타까워한다.

30대 사내 저에게 가르쳐줄 수 없나요? 어떻게 하면 세상일에서 해방될 수 있을까요? 아침에 일어나서 운동하고 밥 먹고 출근하고

---

7 김달진 시 「씬냉이꽃」 전문 활용.

회사 일하고 회식하고 술 마시고 취해 돌아와 잠자고 일어나서 운동하고 밥 먹고 출근하고 회사 일하고 회식하고 술 마시고 취해 돌아와 잠자고 일어나서…… 이렇게 사는 건 삶이 아니야. 난 자유로워지고 싶어. 내 진정한 삶은 자유 속에 있는 거야. 아, 떠나고 싶어. 떠나고 싶어.

30대 사내가 갈구하듯, 40대 사내 주변을 떠도는데, 40대 사내는 오히려 바위 위에 꼿꼿이 서서 미동도 없다. 이때, "아빠, 안 오시고 뭐하세요!" 하고 멀리서 들려오는 아이의 소리. 이어, 무대 위로 등장하는 30대 여인.

30대 사내 (알아들을 수 없을 정도로 빨리 외운다)

나의 눈이 가는 길, 서울에선 없다, 서울이 수시로 내 눈을 끌어당길 뿐이다, 광고의 아우성과 매체의 잡음 속에서 광고의 잡음과 매체의 아우성으로 나온다, 저, 아니, 이 길뿐, 빈틈은 없다, 내 시야와 시력은 이제 나의 것 아니다, 그러하니 내 눈이 보고 싶던 것이 무엇인지, 보고 싶은 것이 무엇인지를 알 수가 없게 되어버렸다, 잠 안쪽에서도 두 눈 뜨고 있어야 하느니[8]

30대 여인 아니, 당신! 거기서 무얼 하는 거예요? 수건 여기 없어요? 거기 무어가 있다고 자꾸 쳐다보고 중얼거리는 거지? (남편이 보고 있는 곳을 보지만, 여인의 눈에는 40대 사내가 보이지 않는다) 애 기다리는데 어서 가요. 수건은 어딨지?

---

8 이문재 시 「타워 크레인 - 고독한 산책자의 몽상 7」 앞 부분.

30대 사내 (빠르게)

안구 패여나간 나는 말할 뻔한다, 뻥 뚫려 허당인 내 두 눈구멍 속으로 서울은 24시간 형광을 불 밝혀 놓는다, 의안은 울지 않느니[9]

30대 여인 어서 가자니까. 거기서 글쎄, 무슨 소릴 하냐구요?

30대 사내 저길 봐요. (40대 사내가 선 곳을 가리킨다.)

30대 여인 어딜요? 거기 뭐가 있다고요?

30대 사내 저기 저, 홀로 있는 사람.

30대 여인 (그제야 뭔가 보인다는 듯, 우러러보며) 저 사람 저길 혼자 어떻게 가 있지?

---

9 위의 시의 중간 한 대목. 시 전문은 이렇다. "나의 눈이 가는 길, 서울에선 없다, 서울이 수시로 내 눈을 끌어당길 뿐이다, 광고의 아우성과 매체의 잡음 속에서 광고의 잡음과 매체의 아우성으로 나온다, 저, 아니, 이 길뿐, 빈틈은 없다, 내 시야와 시력은 이제 나의 것 아니다, 그러하니 / 내 눈이 보고 싶던 것이 무엇인지, 보고 싶은 것이 무엇인지를 알 수가 없게 되어버렸다, 잠 안쪽에서도 두 눈 뜨고 있어야 하느니 / 내 눈이 먼저 가 닿아 내가 불려가는 길, 사라졌다, 시선이 떠나가 돌아오질 않는다, 서울은 캄캄할 만큼 현란하고 현기증으로 증발할 만큼 무겁게 돌아간다, 즐겁다고, 쫓아가고 싶다고, 누릴 수 있다고, 견딜 수 있을 것이라고…… / 안구 패여나간 나는 말할 뻔한다, 뻥 뚫려 허당인 내 두 눈구멍 속으로 서울은 24시간 형광을 불 밝혀 놓는다, 의안은 울지 않느니 // 내 정수리 위에 거대한 타워 크레인 하나 박혀 있다, 엔진 끄지 않는다, 몸속의 엘리베이터도 멈추지 않고 오르내리느니 / 내 안에 서울이 죄다 들어와 있구나, 아, 보인다, 보이지 않는 저것들이, 어, 보이지 않는다 / 이 보이는 것들이, 저 보이지 않는 것들이"

132

두 사람, 한 동안 40대 사내가 올라가 선 곳을 바라보며 무대를 오고간다.
뒤늦게 다시 나타난 아이, 두 부부의 이상한 행동 주위를 돌면서 의아해 한다.

30대 사내 (40대 사내가 서 있는 바위 위를 보며)
　　　독락당 대월루(獨樂堂 對月樓)는
　　　벼랑꼭대기에 있지만
　　　옛부터 그리로 오르는 길이 없다.

　아이가 돌 하나를 들고 있다

30대 여인　그리로 오르는 길이 없어? (남편의 말을 따라하며 눈대중해 보
　　고 갸우뚱)

30대 사내　*누굴까, 저 까마득한 벼랑 끝에 은거하며*

30대 여인　(눈대중해봐도 도무지 모르겠다는 표정) 저 까마득한 벼랑 끝에 은
　　거하며?

30대 사내　*내려오는 길을*

30대 여인　(급히 따라서) 내려오는 길을?

30대 사내　*부서버린 이.*[10]

아이가 40대 사내를 향해 힘차게 돌을 던진다.

40대 사내 (돌에 맞은 듯) 아얏! (비명을 지르며 바위에서 아래로 추락한다)

추락과 동시에 암전.

---

10 조정권 시 「獨樂堂」 전문을 활용했다.

제2막

학교와 시장 사이

막이 오르면 캄캄한 어둠 속, 무대 앞쪽 한켠으로만 조명이 비치고, 배낭을 멘 30대 사내가 초췌한 모습으로 서서 종이에다 펜으로 무언가 끼적거리고 있다. 종이에 쓴 글을 여러 차례 중얼거리다가 읊기 시작한다. 숲에서 새들이 우는 소리가 들리고, 간간이 물소리도 들린다.

30대 사내 (낮은 목소리로 낭독한다)

「가을 떡갈나무숲」, 이준관.

떡갈나무숲을 걷는다. 떡갈나무잎은 떨어져
너구리나 오소리의 따뜻한 털이 되었다. 아니면,
쥐기집이거나, 지난여름 풀 아래 자지러지게
울어대던 벌레들의 알의 집이 되었다.
이 숲에 그득했던 풍뎅이들의 婚禮
그 눈부신 날갯짓 소리 들릴 듯한데,
텃새만 남아

산 아래 콩밭에 뿌려둔 노래를 쪼아
아름다운 목청 밑에 갈무리한다.
나는 떡갈나무잎에서 노루 발자국을 찾아본다.
그러나 벌써 노루는 더 깊은 골짜기를 찾아,
겨울에도 얼지 않는 파릇한 산울림이 떠내려오는
골짜기를 찾아 떠나갔다.
나무 등걸에 앉아 하늘을 본다. 하늘이 깊이 숨을 들이켜
나를 들이마신다. 나는 가볍게, 오늘 밤엔
이 떡갈나무숲을 온통 차지해 버리는 별이 될 것 같다.
떡갈나무숲에 남아 있는 열매 하나.
어느 산짐승이 혀로 핥아보다가, 뒤에 오는
제 새끼를 위해 남겨 놓았을까? 그 순한 산짐승의
젖꼭지처럼 까맣다.
나는 떡갈나무에게 외롭다고 쓸쓸하다고
중얼거린다.
그러자 떡갈나무는 슬픔으로 부은 내 발등에
잎을 떨군다. 내 마지막 손이야, 뺨에 대 봐,
조금 따뜻해질 거야, 잎을 떨군다.[11]

잠잠하던 물소리가 다시 들린다. 낭독을 끝낸 30대 사내가 조명을 이끌고 무대 가운데로 걸어가다가, 어둠 속 누군가에 가로막혀 멈춰 선다.

---

[11] 이준관의 시 「가을 떡갈나무숲」 전문.

30대 사내 앞에 아이가 등을 보이고 쪼그리고 앉아 있다. 조명은 이제 30대 사내와 아이를 함께 비춘다.

아이의 발아래 개울이 있고, 아이는 그 물 속을 골똘히 들여다보고 있는 중이다.

30대 사내 거기서 뭐……. 하니?

아이는 그 소리를 전혀 듣지 못하고 있다. 30대 사내는 그 모습이 신기해 아이 주위를 돌며 살펴본다. 아이는 물속에 노는 실낱같은 벌레를 보고 있다. 물속의 벌레를 보며 신기해하며 즐거워하는 아이. (그러나 관객으로서는 아이가 보고 있는 게 무언지 몰라도 좋다.)

이때, 무대 위 어둠 속 어딘가에서 들려오는 북소리! 그 소리에 깜짝 놀라 뒤를 돌아본 아이. 자신을 내려다보는 30대 사내를 보고 문득 공포감을 느낀다.

30대 사내가 당황해서 다가가려 하자, 아이는 몸을 더욱 도사린다.

난처해진 30대 사내. 공포스러워하는 아이.

이때, 다시 북소리가 울리고 그 동안 어둠 속에 있는 무대 전면이 한꺼번에 밝아진다. 간이 칠판이 서 있고 그 옆에 도학자 풍의 긴 옷을 입은 40대 사내가 섰다. 이마에 난 상처를 반창고로 가렸다 칠판에는 김달진의 시 「벌레」가 판서되어 있다.

바로 옆에 고수가 북을 안고 앉아 있다. 그 앞으로 40대 사내의 강의를 듣고 있는 수강생들이 있다. 40대 사내는 강의하는 도중 제1막의 수건으로 땀을 닦는 시늉을 하는 것도 좋다. 도올 김용옥의 강의를 연상케 하는 독특한 어법의 강의다.

40대 사내 에에, 이걸 보란 말이야, 이거. 에에, (칠판에 판서된 글자를 손으로 친다. 소리내어 읽는다. 글자를 한 자 한 자 가리키며 읽는다.)
　　「벌레」
　　고인 물 밑
　　해금 속에
　　꼬물거리는 빨간
　　실낱 같은 벌레를 들여다보며,[12]

여기서 물 밑 해금 속에 있는 이 벌레가 무에야 하면, 그게 바로 물속의 실지렁이더라 이 말이야. (그때 수강생 누군가가 "물 밑 해금? 해금이 뭐야?" 어쩌고 한다.) 뭐, 해금? (그 수강생을 가리키며) 훼어 아유 프롬? 어디? 어디서 왔다구? 제주도? 제부도에서 왔어? 여긴

---

12 김달진의 시 「벌레」의 전반부를 활용함.

충청도도 아니고 강원도도 아니고 경상도 하고도 진핸데, 사투리 안 써? 해감을 사투리로 해금이라고 하는 거 몰라? (수강생들이 이 번에는 해감이 뭐냐는 식으로 웅성거리고) 하, 해감도 모르는 녀석들 한테 내가 무얼 하고 있는 거야, 이거. 해감이 무엇이냐! 하! (고수 가 탁, 하고 북을 치고. 그때까지 무대 앞쪽 한켠에서 여전히 대립하고 있 는 30대 사내와 아이가 돌아본다.) 거기 나이 든 학생 (30대 사내를 지목 한다), 해감이 뭐지?

아이는 이때다 하고 황급히 무대 밖으로 달아나고, 30대 사내는 얼떨결에 수강생들 뒤로 다가선다.

30대 사내 해감이란 건, 고인 물속에 있는 찌꺼기라는 뜻 아닌가요? 썩는 냄새도 나고…….

40대 사내 (30대 사내의 대답이 채 끝나기도 전에) 잘 했어, 아주 잘 했어. 근데 말이야, 그런 건 시험 문제에 하나도 안 나와요. 여길 보란 말이야. 중요한 건 여기부터란 말이야. (30대 사내에게 손짓해서) 거 기 앉아 들어, 자네도! (칠판을 탁탁 치면서)
고인 물 밑
해금 속에
꼬물거리는 빨간
실낱 같은 벌레를 들여다보며,
머리 위

등뒤의

나를 바라보는 어떤 큰 눈을 생각하다가

나는 그만

그 실낱 같은 빨간 벌레가 된다.[13]

여기서 말이야, 물 속에서 실지렁이떼 노는 것에 골몰해 있다가, 문득, 그런 나를 바라보는 *"어떤 큰 눈"을 의식했다는 것, 이것이 무엇인고 하니, 이 "어떤 큰 눈" 때문에 나는 한낱 실지렁이가 되지 않을 수 없다는 거야. 그런 순간 나는 그 "어떤 큰 눈" 앞에서 공포의 도가니에 빠질밖에.*[14] 자, 벌레를 바라보던 내가 실은 그 벌레와 같은 신세잖아. 그걸 깨닫는다는 건데, 그게 말이 그렇지 그게 그렇게 쉽게 깨달을 수 없는 거잖아. 그래서 어떤 사람은 *벌레와 내가 서로 공동체적 조화를 이루는 우주의 일원이 된 걸 보여주는 시*[15]라고 이 시를 설명하고 있어요. 에에, 근데 말이야, 이렇게 생각할 수도 있어 나는 벌레다, 나는 벌레다…… 세상에 이보다 더 큰 공포가 어딨어. 내가 벌레라니 이 무슨 귀신 씨나락 까먹다가 급체 걸릴 소린가! **(다들 웃음! 강의에 심취해 있다)** 내가 벌레다, 이런 얘기 다 이유가 있는 거란 말이야. 내가 벌레라고 느끼는 경지, 이게 보통 경지가 아니란 말이야. 내가 벌레다, 이렇게 말할 수 있는 경지, 이건 이 속세에서 인간으로서 쌓아온 모든 걸 버릴 수 있는 경지라. **(오호! 다들 감탄**

---

13 김달진의 시 「벌레」 전문.
14 김윤식의 글 「김달진 문학의 문학사적 의의」에서 일부를 활용함.
15 이숭원의 글 「'장자'의 시각에서 본 김달진의 시」의 일부를 활용함.

사!) 이게 탈속의 경지라는 거지. 탈속, 알아? (눈을 지그시 감았다가 갑자기 눈을 크게 뜨고) 너희들, 너 자신을 벌레라 느낀 적이 있어? 너 자신을, 그동안 자신이 보고도 무심코 지나거나, 밟거나, 징그럽다고 몸을 사리거나 하던 그 벌레와 같다고 생각해본 적 있어? 생각해 봐, 나는 벌레다, 나는 벌레다, 자, 다같이, 나는 벌레다! (다들 따라서 나는 벌레다! 외치고) 나는 벌레다 (또 다들 외치고) 너! (한 수강생을 지목한다. 때맞춰 북소리 턱! 울리고, 고수가 북 치는 소리에, 지목당한 한 수강생이 무대 가운데로 뛰어나간다. 뒤를 돌아보며 두려워하는 표정)

40대 사내 나는 벌레다, 나는 벌레다, (또 한 수강생을 지목하며) 너! 너도 벌레지?

다시 고수가 북을 턱 치고, 지목당한 한 수강생이 일어나 무대 가운데로 뛰어가며 두려워하는 표정

40대 사내 너! 니가 벌레잖아. 너도 벌레구! 너도! 너도!

수강생들 하나하나를 지목하고, 지목당한 수강생들이 하나씩 무대 가운데로 나가 두려워하며 몸둘 바를 모르겠다는 동작을 하고 있다. 그게 얼핏 보면, 사이비 종교 교주에게 현혹되는 신도들 같아도 보인다.

마지막에 남은 30대 사내.

40대 사내 너! (30대 사내를 지목했다.)

30대 사내 (맞서듯이) 이 속세에서 인간으로서 쌓아온 모든 걸 버릴 수 있는 경지를 탈속의 경지라 하셨는데, 그렇다면 모든 걸 버린 다음엔 어떻게 되는 겁니까?

40대 사내 (흥미롭다는 듯이) 어흠, 그렇지! 문제는 벌레가 아니라, 바로 탈속이란 것이지. (고개를 끄덕끄덕) 그래, 진짜 탈속을 한다는 건 말이지, 에에…… 그건 (좀 난처하다, 그래도 여유를 잃지 않고) 그건, 머릴 깎고 중이 된다는 것도 아니요. (북소리 장단!)

여기서부터 두 남자의 대화에 가락이 없어지고, 수강생들은 어느새 두 사내 쪽으로 반반의 패로 나뉘 섰다.

30대 사내 (성급하다) 중이 되지 않아도 탈속을 이룰 수 있다는 건가요?

40대 사내 고기를 안 먹고 채소만 먹는다는 것도 아니요. (북소리 장단!)

30대 사내 (알고 싶고) 식욕을 누르지 않고도 탈속을 이룰 수 있다는 건가요?

40대 사내 태어나 맺은 인연을 끊고 혼자가 된다는 것도 아니요, (북
  소리 장단!)

30대 사내 (그곳에 가고 싶다) 가족도 연인도 버리지 않고 어떻게 탈속
  을 한단 말인가요?

40대 사내 (노래로 바뀌어 있다. 경쾌하게)
  세상에 내가 있고 네가 있고
  또 우리가 있지. 그 중에 나는 누구고 너는 누굴까.
  계절에 맞게 바람이 불고 비가 오는 건데
  봄이 가면 여름이 오고 가을 가면 겨울 오는 건데
  옷을 입고도 춥다고 하는 나 (중창1 : 춥다고 하는 나)
  옷을 벗고도 덥다고 하는 나 (중창2 : 덥다고 하는 나)
  나 혼자만 외롭다고 하는 나 (중창1 : 외롭다고 하는 나)
  너 있는데도 사방을 두리번거리는 나. (중창2 : 사방을 두리번거리는
  나)
  (함께) 우리 모두 똑같은 나, 우리 모두 똑같은 사람.

30대 사내 (경쾌하게 노래한다)
  세상에 내가 있고 네가 있고
  또 우리가 있지. 그 중에 나는 누구고 너는 누굴까.
  아침에 일어나서 운동하고 밥 먹고 출근하고 회사 일 하고
  (중창1) 회식하고 술 마시고 취해 돌아와

잠자고 일어나서 운동하고 밥 먹고 출근하고 회사 일 하고
(중창2) 회식하고 술 마시고 취해 돌아와 잠자고 일어나서……
줄넘기하고 밥 먹고 출근하고 회사 일하고 마시고 자고
(30대 사내) 일어나 운동하고 마시고 취하고 잠자고 일어나는
(함께) 우리 모두 똑같은 나, 우리 모두 똑같은 사람.
(다시 대사로) 그러니까 이 삶에서 벗어난다는 게 도대체 뭐란 말입니까?

40대 사내 (노래) 먹어도 배 부르지 않고 먹지 않아도 배 고프지 않은

30대 사내 (중얼거림) 먹어도 배 부르지 않고 먹지 않아도 배 고프지 않은?

40대 사내 (노래) 함께 있어도 구속하지 않고 혼자 있어도 고독하지 않은

30대 사내 (중얼거림) 함께 있어도 구속하지 않고 혼자 있어도 고독하지 않은?

40대 사내 (노래) 미소 짓는 호랑이, 포효하는 개구리, 춤추는 바퀴벌레

30대 사내 (노래를 따라서) 미소 짓는 호랑이, 포효하는 개구리, 춤추는 바퀴벌레

수강생들 (하나둘 따라서 노래하며) 미소 짓는 호랑이, 포효하는 개구리, 춤
　　　추는 바퀴벌레, (한 사람씩 나와서 동작을 하며) 미소 짓는 호랑이, 포효하
　　　는 개구리, 춤추는 바퀴벌레.

40대 사내 (노래) 날아오는 돌을 맞아도 피 흘리지 않고

30대 사내 (노래) 피가 흘러도 아프거나 병들지 않고
　　　　그 피는 땅에 스며들어 지렁이를 살찌게 하느니

(다들 자연스럽게 군무를 추며 노래한다)

수강생들 1 미소짓는 호랑이, 포효하는 개구리, 춤추는 바퀴벌레.

수강생들 2 피 흘리는 잔 다르크, 기름진 토지, 지렁이 왕자.

　노래하는 동안, 북소리에 맞춰 30대 여인이 등장해서 춤을 춘다.

　바쁘고 쫓기듯한 시간을 견뎌 마침내 진정한 자아를 찾아낸 자의 환희.

　모두들 30대 여인의 춤사위에 현혹되는 표정. 모두 둥글게 여인을 에워싸
고 떠받드는 형세를 이루고. 30대 사내와 40대 사내가 여인에게 꽃을 바치고.
춤은 절정을 이룬다. 절정 속에서 춤추던 30대 여인은 환영으로 사라져 가고.

한순간, 대열 한쪽이 허물어지면서 무대 앞으로 튀어나오는 여자. 화난 표정이다. 그 뒤를 따라 튀어나오는 군인. 군인은 붙들고 여인은 뿌리친다. 고수가 울리는 북소리 때문에 군인과 여자가 싸우는 말소리가 들리지 않는다. 간간이 40대 사내가 수강생을 다시 불러 모으려 애쓰는 목소리가 들린다. 그러나 한 번 흐트러진 대열은 정비되지 않는다. 여자는 가겠다고 하고 남자는 못 가게 하는 듯하다.

무대 위 사람들은 자연스레 두 패로 갈려 섰고, 조명은 한가운데 두 남녀만 비춘다. 40대 사내가 두 남녀 사이에 끼어들어 보려 하지만 둘의 완강한 맞섬에 물러서 여자 곁에 선다. 30대 사내 역시 둘 사이에 끼어들다가 밀려나 군인 뒤에 선다.

여자와 군인은 다투고, 30대 사내와 40대 사내는 그 둘의 말을 관객에게 수화로 전달한다. 고수가 무대 앞으로 나와 앉아 북소리의 적절한 장단으로 호응한다. (배우 구성상, 이 수화는 다른 수강생들이 맡아 해도 무방하다.)

40대 사내 *(여자가 흩어지는 머리를 쓸어올리고 나서 짜증스럽게 외면하는 동작에 맞춰 수화로)* 나한테 더 이상 기대하지 말라고 몇 번이나 말했어!

30대 사내 *(여자의 어깨를 붙들고 자신을 향하게 하려는 남자의 동작에 맞춰 수화로)* 글쎄 내 말을 한번만 더 들어보고 판단하라구!

146

40대 사내 (*뿌리치는 여자의 동작에 맞춰 수화*) 해봐야 똑같은 말인데 들어서 뭐해!

30대 사내 (*말할 틈을 얻은 듯 잠시 호흡을 가다듬고 뭔가 하소연하는 동작에 맞춰*) 그러니까 그때 내가 그랬던 건.

40대 사내 (*손에 들고 있던 종이를 찢어발겨 버리는 여인의 동작*) 그때 그랬던 거? 그때 그랬던 거? 그걸 말이라고 해?

30대 사내 (*두 팔을 뿌리치듯 흔드는 남자의 동작*) 그래, 그랬다구! 내가 중요한 일이 있었다고 몇 번이나 말했어!

40대 사내 (*무슨 말인가 하고 팩 돌아서는 여자*) 그래, 그 말 다 알아. 이젠 그만 해. 다 끝났어!

30대 사내 (*화가 나서 모자를 벗어 땅에 패대기치는 남자*)[16] 아씨, 그런 게

---

16 최정례의 시 「여자와 군인」을 활용. 시 원문은 이렇다. "인제 원통 부근이었다 / 시외버스 터미널에서 서성대는 군인들을 배경으로 / 너풀대는 치마를 입은 여자와 군인이 / 마주 보고 서 있었다 // 여자가 흩어지는 머리를 쓸어올리며 뭐라 뭐라 했고 / 군인은 얼굴이 붉어지다 화를 참는 듯하더니 / 갑자기 자기 모자를 벗어 길바닥에 패대기쳤다 // 도대체 무슨 일인지 / 유리 차창 안에서는 그들의 말 들리지 않았다 / 치마가 나풀거리며 저만치 멀어져 가는데 / 남자는 언 땅 녹아 질퍽한 길바닥만 쳐다보고 있었다 // 막차냐 첫차냐의 언쟁이었을까 / 이월과 삼월의 춘투 같은 것이었을까 / 여자가 버스표 같은 걸 꺼내 찢으며 / 신경질을 부리는데 뿌옇게 / 저쪽에서 무언가 번져오는 것 같았다 / 바람이 무수한 냉이꽃과 제비꽃을 섞어 흔들며 / 봄 언덕이 천천히 걸어오는 것 같았다 // 다시는 오지 않을 봄이라고 / 질척거리며 어기적거리며 심술을 부리며"

아니라니까 그러네.!

여자가 가면 남자가 붙들고, 여자가 뿌리치고 잠시 남자가 주춤하고, 여자가 가면 남자가 붙들고, 여자가 뿌리치면 잠시 남자가 주춤하는 동작에 맞춰, 두 사내의 수화는 이제 아무렇게나 마구마구 의미 없이 손놀림만 되풀이하고.

그러다 그러다 모두 사라지고, 두 사내만 남아서 의미 없는 수화를 과장된 동작으로 하다가 지쳐서 땅에 주저앉아서도 또 수화 되풀이 되풀이.

잠시 서로의 얼굴을 마주보는 두 사내.

서서히 암전.

공놀이 시놀이

막이 오르면, 희미한 불빛 아래 텅 빈 운동장.

한 가운데 공 하나가 놓여 있다.

그 공이 누군가의 발길에 가볍게 움직인다. 알고 보니 친구들이 모두 떠나고 혼자가 된 아이다. 아이는 공을 들었다 놓았다 찼다 들었다 하면서 무료함을 달랜다. 잠시 하늘을 쳐다보는 아이. 떠나간 아버지 생각을 하고 있는지도 모른다. 부모와 단란하던 한때를 생각하고 있는지도 모른다.

아이 아빠가 혼자 여행을 떠나고 나니까 재미있는 게 하나도 없어. 줄넘기도 재미없고 엄마도 이젠 홀라후플 안해. 엄마는 짝궁둥이 될 염려도 없어, 푸우.

멀리서 부르는 엄마의 목소리. 30대 여인 하늘을 쳐다보며 등장.

30대 여인 와아, 별이 대단한데?

　30대 여인, 아이와 함께 별바라기를 한다.

　별이 쏟아질 것 같은 하늘 아래 모녀는 환해지는 표정을 감출 수 없다.

아이 엄마, 별은 왜 별일까?

30대 여인 별은, (망설임) 으흠, 반짝이니까 별이지.

아이 하늘은 왜 하늘이지?

30대 여인 으흠, 그건, 하늘을 보고 있으면 하늘하늘거리는 게 보여서지.

아이 (30대 여인 쪽으로 돌아서며) 엄마……? (망설인다)

30대 여인 (여전히 눈길은 하늘에 닿고 있다.)

아이 나는 도대체 누굴까?

30대 여인 (무심하게) 너는 아빠 엄마 딸이고, 저 하늘 별들의 친구이고, 단군의 자손이고, 웅동초등학교 4학년 3반 학생이고, 글로벌

시대를 개척하는 세계인이고…… (어물쩡 우스개로 넘어가려 한다)

아이 (엄마를 낯설어 하는 표정) 나 혼자일 때, 밤하늘의 별이 나를 내려
다볼 때 문득 떠오른 말 한 마디, 나는 누구일까?
　(노래) 나는 누구일까? 저 하늘 별들의 친구이고
　　　사랑하는 가족의 가족이고, 친구의 친구이고,
　(대사) 단군의 자손이고, 웅동초등학교 4학년 3반 어린이이고
　이번주 학급 당번이고, 다음주 탐구활동을 떠나는 신나는 학생
　이고…….
　(노래) 나는 누구일까? 나는 누구일까?
　　　대답할 그 무엇이 있을 것 같아,
　　　대답할 그 말을 찾아가야 할 것 같아.
　　　대답을 하기 전에는 아무 말도 못할 것 같아.
　　　그 말을 하기 전에는 아무 말도 할 수 없어.
　　　어제도 그제도 그리고 오늘도
　　　저 하늘 별들 속에 물음표를 보내고파.

　　　나는 누구일까? 나는 누구일까?
　　　아무리 생각해도 대답할 말이 없어.
　　　대답할 말이 없으니 나는 할 말을 잃어.
　　　나는 누구일까? 저 별에게 물음표를 보내봐.
　　　어제도 그제도 그리고 오늘도
　　　저 하늘 별들 속에 물음표를 보내봐.

진정으로 반짝이는 말을 불러봐.

무대 위를 오가며 하늘을 보던 30대 여인, 아이의 손을 잡고 퇴장. 무대 위에 아이가 남기고 간 공이 있고.

잠시 암전.

조금 밝아지면, 여전히 텅 빈 운동장.
공 하나만 형체가 있고 사방은 어둠이다.
이윽고 조금씩 움직이는 공. 검은 옷을 입은 사람이 공을 혼자서 차올리고 있어서 사람은 잘 안 보이고 공의 움직임만 뚜렷하다. 공은 어느새 형광물체처럼 빛난다. 공을 차는 사람의 형상도 조금씩 희끗희끗 드러난다.

갑자기 공을 멀리 찬다 싶더니 그 공을 발로 받으며 등장하는 또다른 사람 형상도 있다. 도깨비 탈을 쓴 사람인 듯하다. 그 공을 뻥 찬다.

그걸 또 다른 도깨비탈이 받아 뻥 차고, 또 다른 도깨비탈이 받아 뻥 차고. 공을 차고 받고 다시 차는 동작이 현란하다. 무대 양쪽으로 비치는 조명에 30대 사내, 40대 사내의 모습이 동시에 나타난다.

40대 사내 (감탄한다) 지금 우리가 보고 있는 게 꿈 아닌가.

30대 사내 (동조) 글쎄, 도깨비들이 쥐불놓이를 하는 것 같아.

152

40대 사내 아니, 저건 크리스티나 호나우두의 발놀림……. (어디선가, 대-한민국 하는 응원소리!)

30대 사내 저건, 공중에서 내리찍는 대포알 스파이크! (중계방송 소리!)

40대 사내 미확인 비행물체! (무대 위 사람들이 공으로 노는 동작을 하는 틈틈이 직접 효과음을 내는 흉내)

30대 사내 전도연의 웃음소리! (효과음, 안녕하세요, 전도연이에용. 연이 어지는 칸영화제 주연상 수상 뉴스 소리.)

잠시 무대 위의 동작들이 멎고. 정적.

40대 사내 (아쉽다는 듯이) 어, 방금 우리가 본 게 뭐야?

30대 사내 저렇게 후딱 지나가 버리다니!

40대 사내 놈팽이처럼 노는 데 저렇게 신명날 수 있다니!

30대 사내 쟤들, 돈은 벌고 노나, 그냥 막 노나?

40대 사내 무덤 속에서 걷어찬 해골바가지에서 영롱한 크리스털 소리가 났어.

30대 사내 지구 밑바닥이 본연의 색을 뿜어 하늘에 드리웠나니!

40대 사내 (대단한 표현이라 감탄하고!) 본성이 일어 자유가 되고
　　　자유가 환희와 미를 뿜노니!

30대 사내 (감탄!) 불 속에서 피어나는 연꽃![17]

40대 사내 다시 볼 수 없을까.

30대 사내 다시 보지.

　무대 위를 돌아다니며 공놀이하던 사람들을 찾는다. 무대 위 사람들이 그
대로 선 채 움직임이 없다. 잠시 숨바꼭질하듯, 두 사내가 지나간 뒤 슬쩍 몸
을 움직이는 사람들. 키득키득 웃기까지 한다.

40대 사내 다시 볼 수 없을까?

---

17 김달진의 시 「자유」의 일부를 활용했다. 전문은 이렇다. "자유! / 너는 그리도 값진 것이드
뇨? // 너는 생명! /모든 것이 너를 얻어 살고, / 너는 광명! / 모든 것이 너를 얻어 빛나고,
// 너는 환희요, 미의 여신! / 모든 것이 너에게서 즐겁고 아름답거나, / 너는 모든 것의 본
연의 모습. // 그러나 너는 진정 實되어 / 거저 오지 않나니, // 피를 주고, / 눈물을 주고, /
목숨을 주고…… // 그러므로 너는 / 무덤 속에서 솟아나는 생명, / 어둠 속에서 비춰오는
광명, / 불 속에서 피어나는 연꽃. // 아, 아무것도 바꾸지 못할 / 너, 자유로다."

30대 사내 리모콘 어딨지?

리모콘을 꺼내듯 옷에서 종이를 꺼내는 두 사람. 시를 낭송할 준비를 하고. 에에, 하는 발성연습에 리모콘이 켜진 듯 무대 위 사람들은 다시 도깨비들의 공놀이를 반복한다. 처음에는 천천히 나중에는 급하게. 그리고 제멋대로. 두 사내는 옷을 서로 바꿔 입거나, 서로 부딪치거나 하면서 교감하며「공놀이하는 달마—달마는 왜 동쪽으로 왔는가」를 낭송한다.

30대 사내 (천천히) 저물녘까지 공을 가지고 놀이하던 아이들이
　　　다 집으로 돌아가고, 공터가 자기만의
　　　공터가 되었을 때
　　　버려져 있던 공을 몰고
　　　개 한 마리가 어슬렁거리며
　　　걸어나와 놀고 있다

40대 사내 (점차 서두르며 낭송) 처음에는 두리번거리는 듯하더니
　　　아무것도 돌아보지 않고 혼자
　　　공터의 주인처럼 공놀이하고 있다
　　　전생에 공을 가지고 놀아본 아이처럼
　　　어둠이 짙어져가는 공터에서 개가
　　　땀에 젖은 먼지를 일으키며 놀고 있다 다시

이때 무대 위를 놀이하듯 지나다니는 30대 여인과 아이. 깔깔거리고 웃는

다.

30대 사내 (급해진다) 옛날의 아이가 된 것처럼 누구도 불러주지
　　　　않는 공터에서 쭈그러든 가죽공을 가지고 놀고 있는 개는

40대 사내 (급하게) 놀이를 멈출 수 없다 공터를 지키고 선
　　　　키 큰 나무들만 골똘하게 놀이하는 그를

30대 사내 (싸우듯이) 보고 있다 뜻대로 공이 굴러가지 않아 허공의

40대 사내 (지지 않는다) 어두운 그림자를 바라보는 눈길이 늑대처럼 빛날 때

30, 40대 사내 (누가 먼저 말하느냐 시합을 하듯이 급하게 소리친다)
　　　　공놀이하던 개는 푸른빛 유령이 된다 길게 내뻗은 이빨에
　　　　달빛 한 귀퉁이 찢겨 나가고
　　　　귀신 붙은 꼬리가 일으킨 회오리바람을 타고
　　　　공은 하늘로 솟구쳤다 떨어지기도 한다
　　　　어둠이 빠져나간 새벽녘
　　　　이슬에 젖은 소가죽 공은 함께 놀아줄
　　　　달마를 기다리며 버려진 아이처럼 잠든다[18]

---

18 최동호의 시 「공놀이하는 달마―달마는 왜 동쪽으로 왔는가」 전문을 그대로 활용했다.

두 사내가 낭송하는 동안 무대 위는 놀이와 춤으로 일대 장관이 벌어진다. 그 현란한 빛의 놀이, 몸의 동작…….

때를 놓치지 않고 30대 사내는 시 「검은 담즙」을, 40대 사내는 시 「가오리 날아오르다」를 무대 위를 오가며 동시에 낭송한다. 둘은 서로 시집을 공을 던지듯 주고받으며 시를 바꾸어가며 낭송하기도 한다.

30대 사내 조용미, 「검은 담즙」

검은 담즙 조용미 가슴 속에서 검은 담즙이 분비되는 때가 있다 이때 몸속에는 꼬불꼬불 가늘고 긴 여러 갈래의 물길이 생겨난다 나뭇잎의 잎맥 같은 그 길들이 모여 검은 내, 黑河를 이루었다

黑河의 물줄기는 벼랑에서 모여 폭포가 되어 가슴 깊은 곳을 가르며 옥양목 위에 떨어지는 먹물처럼 낙하한다

폭포는 검은 담즙으로 이루어져 있다

너의 죄는 비애를 깃들이려 한 것이다 生의 단 한순간에도 길들여지지 않는 비애는 그을린 태양 아래 거칠고 긴 숨을 내쉬며 가만히 누워 있다

쓸개물이 모여 生을 가르는 劍이 되기도 하다니 검은 폭포 아래에서 모든 것들은 부수어져 거품이 되어버린다 거품이 되어 날아가는 것들의 헛된 아름다움이 너를 구원할 수 있을까

비애는 길들여지지 않는다

너의 죄는 비애를 길들이려 한 것이니 幻이 끝나고 滅이 시작되는 지점에서 삶은 다시 시작되는 것을 담즙이 모여 떨어지는 黑河는 아름답다 그 아름다움을 지상에서 가장 헛된 것이라 부르겠다

지상에서 가장 헛된, 그 아름다움의 이름은 絶滅이다[19]

40대 사내 장옥관, 「가오리 날아오르다」
　경주 남산 달밤에 가오리들이 날아다닌다.
　아닌 밤중에 웬 가오리라니
　뒤틀리고 꼬여 자라는 것이 남산 소나무들이어서
　그 나무들 무릎뼈 펴서 둥싯, 만월이다.

　그럴 즈음은 잡티 하나 없는 고요의 대낮이 되어서는 꽃, 새, 바위의 내부가 훤히 다 들여다보이고 당신은 고요히 자신의 바닥으로 가라앉을 것이다.
　그때 귀 먹먹하고 숨 갑갑하다면 남산 일대가
　바다로 바뀐 탓일 게다.

---

19 조용미의 시 「검은 담즙」 전문.

항아리에 차오르는 달빛이 봉우리까지 담겨들면
산꼭대기에 납작 엎드려 있던 삼층석탑 옥개석이 주욱, 지느러미 펼
치면서
저런, 저런 소리치며 등짝 검은 가오리 솟구친다.
무겁게 어둠 눌러 덮은 오랜 자국이 저 희디흰 배때기여서
그 빛은 참 아뜩한 기쁨이 아닐 수 없겠다.

달밤에 천 마리 가오리들이 날아다닌다.
골짜기마다 코 떨어지고 목 사라진 돌부처
앉음새 고쳐 앉은 몸에
키다리소나무 같은 굵은 팔뚝이 툭, 툭 불거진다.[20]

무대 위 사람들의 놀이는 어느새 군무로 바뀌어 있고, 그 군무 한가운데 30
대 여인의 춤이 돋보인다. 30대 사내, 40대 사내도 그 무리에 들어가 있다. 화
려하게 춤을 추던 30대 여인을 30 사내, 40대 사내가 안아 올려 떠받들었다.

모두 함께 (합창) 여기 한 自然됐가
그대로 와서
그래도 살다가
자연으로 돌아갔다.
풀은 푸르라

---

20 장옥관의 시 「가오리 날아오르다」 전문.

해는 빛나라
자연 그대로
이승의 나뭇가지에서 우는 새여
빛나는 바람을 노래하라.[21]

암전.

불이 켜지면 무대는 제1막의 야산 정경으로 바뀌어 있고, 경쾌한 음악소리가 울려 퍼진다.

30대 사내 가족을 가운데 두고, 뒤로 연인 1,2팀이 앉았고, 40대 사내는 여기저기 기웃거리며 앉았다 일어난다.

부지런히 엄마 아빠를 부추겨 줄넘기와 훌라후프를 시키는 아이.

모두 자연스럽게 자신의 자리를 지키면서 전체적으로는 노래를 나눠 부르는 형국이다.

모두 함께 (합창) *자유롭지만 고독하게 자유롭지만 조금 고독하게*

40대 사내 (노래) *어릿광대처럼 자유롭지만 망명한 귀족처럼 고독하게*

---

21 김달진의 시 「碑銘」 전문.

30대 사내 (노래) 토요일 밤처럼 자유롭지만 휴가 마지막 날처럼 고독하게

30대 여인 (노래) 여럿이 있을 때 조금 고독하고

40대 사내 (노래) 혼자 있을 때 정말 자유롭게

30대 사내 (노래) 혼자 자유로워도 죄스럽지 않게

40대 사내 (노래) 여럿 속에서 고독해서 조금 자유롭게

연인 1팀 (중창) 자유롭지만 조금 고독하게 그리하여 자유에 지지 않게

연인 2팀 (중창) 고독하지만 조금 자유롭게 그리하여 고독에 지지 않게

30대 사내 (노래) 나에 대하여

40대 사내 (노래) 너에 대하여

모두 함께 (합창) 자유롭지만 고독하게 그리하여 우리들에게 자유롭지만 조금 고독하게[22]

반복해서 노래 부르면서 대 합창. 암전.

---

22 이문재의 시 「자유롭지만 고독하게」 전문을 그대로 활용했다.

자유롭지만 고독하게

불이 켜지면 무대 한 가운데 아이가 쪼그리고 앉아 있다.

아이, 바닥을 내려다본다.

아이 (목소리) : *숲속의 샘물을 들여다본다*
    물속에 하늘이 있고 흰구름이 떠가고 바람이 지나가고
    조그마한 샘물을 바다같이 넓어진다
    나는 조그마한 샘물을 들여다보며
    동그란 지구의 섬 위에 앉았다[23]

아이, 바닥에 어른대는 기척에 뒤돌아본다. 2막에서 뒤에 있던 사내에게
놀라던 것과는 대조적이다.

---

23 김달진의 시 「샘물」 전문.

가족과 40대 사내, 그리고 사람들이 둥글게 아이 뒤를 둘렀다.

아이는 자연스레 그 일부가 되고,

모두들 객석을 향해 반원을 그리고 노래한다.

「자유롭지만 고독하게」 합창. 암전.

영원히 반짝이는 것을 찾아서

아, 깊은 밤, 별빛이 폭죽처럼 터지는 밤
하늘을 보다가 멀리 있는 애인을 생각했네.
저 하늘 별들 중에 별 하나가 유난히 반짝거리는 걸 보았네.
어제도 그제도 그리고 오늘도 변함없이 반짝이는 별.
수 억 년 전부터 저 하늘에 있었을 별.
그 별은 도대체 어디에 있는 별일까?
그 별은 도대체 누가 사는 별일까?
나는 말을 잊고 별만 생각하네.
저 별 앞에서 나는 말을 잊었네.

아, 깊은 밤, 별빛이 폭죽처럼 터지는 밤
멀리 있는 애인 생각을 잊고, 나는
별 중에 별, 유난히 반짝거리는 별 하나를 보았네.
어제도 그제도 그리고 오늘도 변함없이 반짝이는 별.
어제도 그제도 그리고 오늘도 변함없이 반짝이는 별.
수 억 년 전부터 저 하늘에 있었을 별.
저 별을 보지 않고 나는 무슨 별을 보았나?
저 별을 말하지 않고 나는 무슨 별을 말했나?
나는 별을 찾아 길을 떠나겠네.

영원히 반짝이는 것을 찾아 나는 길을 떠나가네.

우리 모두 똑같은 사람

세상에 내가 있고 네가 있고
또 우리가 있지. 그 중에 나는 누구고 너는 누굴까.
계절에 맞게 바람이 불고 비가 오는 건데
봄이 가면 여름이 오고 가을 가면 겨울 오는 건데
옷을 입고도 춥다고 하는 나
옷을 벗고도 덥다고 하는 나
나 혼자만 외롭다고 하는 나
너 있는데도 사방을 두리번거리는 나.
우리 모두 똑같은 나 우리 모두 똑같은 사람.

세상에 내가 있고 네가 있고
또 우리가 있지. 그 중에 나는 누구고 너는 누굴까.
아침에 일어나서 운동하고 밥 먹고 출근하고 회사 일 하고
회식하고 술 마시고 취해 돌아와
잠자고 일어나서 운동하고 밥 먹고 출근하고 회사 일 하고
회식하고 술 마시고 취해 돌아와 잠자고 일어나서......
줄넘기하고 밥 먹고 출근하고 회사 일하고 마시고 자고
일어나 운동하고 마시고 취하고 잠자고 일어나는
우리 모두 똑같은 나, 우리 모두 똑같은 사람.

나는 누구일까

나는 누구일까? 나는 누구일까?
대답할 그 무엇이 있을 것 같아,
대답할 그 말을 찾아가야 할 것 같아.
대답을 하기 전에는 아무 말도 못할 것 같아.
그 말을 하기 전에는 아무 말도 할 수 없어.
어제도 그제도 그리고 오늘도
저 하늘 별들 속에 물음표를 보내고파.

나는 누구일까? 나는 누구일까? 아무리 생각해도 대답할 말이 없어.
대답할 말이 없으니 나는 할 말을 잃어.
나는 누구일까? 저 별에게 물음표를 보내봐.
어제도 그제도 그리고 오늘도
저 하늘 별들 속에 물음표를 보내봐.
진정으로 반짝이는 말을 불러봐.

아 ! 깊은밤-1

설진환 작곡

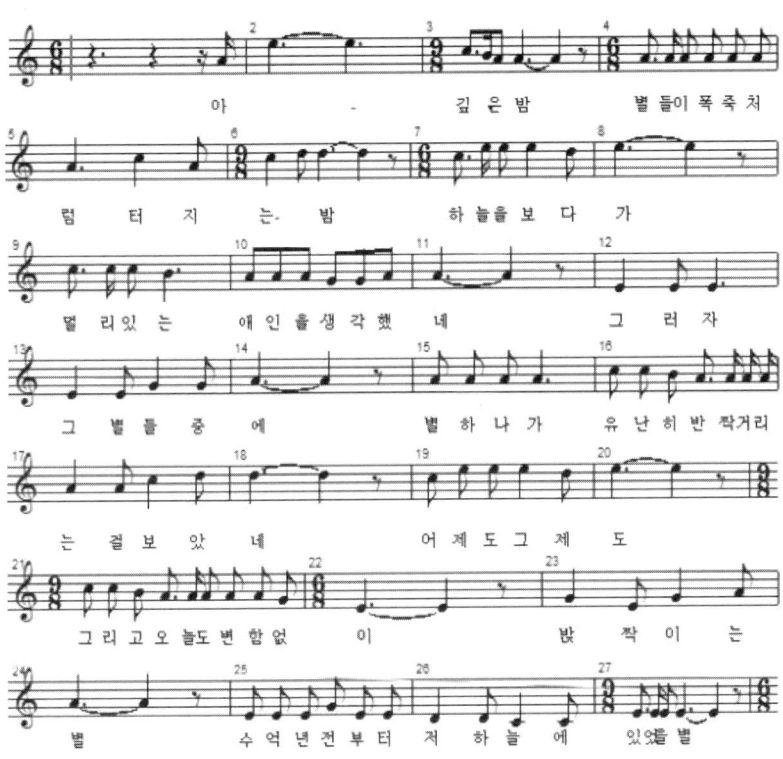

아 - 깊은밤 별들이 폭죽처

럼 터 지 는- 밤 하늘을보다 가

멀 리있 는 애인을생각했 네 그 러자

그 별들 중 에 별하나가 유난히반짝거리

는 걸보 았 네 어제도그제 도

그 리 고 오 늘도변함없 이 반 짝 이 는

별 수억년전부터 저 하늘 에 있었을별

아! 깊은밤-2

설진환 작곡

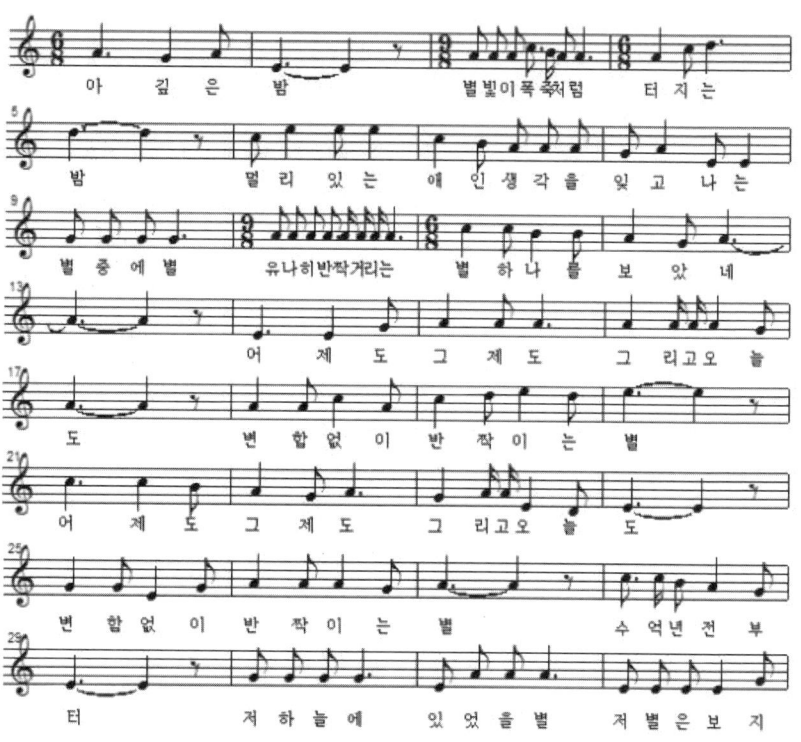

아 깊 은 밤 별빛이폭죽처럼 터 지 는

밤 멀 리 있 는 애 인생각을 잊 고 나 는

별 중 에 별 유나히반짝거리는 별 하 나 를 보 았 네

어 제 도 그 제 도 그 리 고 오 늘

도 변 합 없 이 반 짝 이 는 별

어 제 도 그 제 도 그 리 고 오 늘 도

변 합 없 이 반 짝 이 는 별 수 억 년 전 부

터 저 하 늘 에 있 었 을 별 저 별 은 보 지

둥글 둥글

설진환 작곡

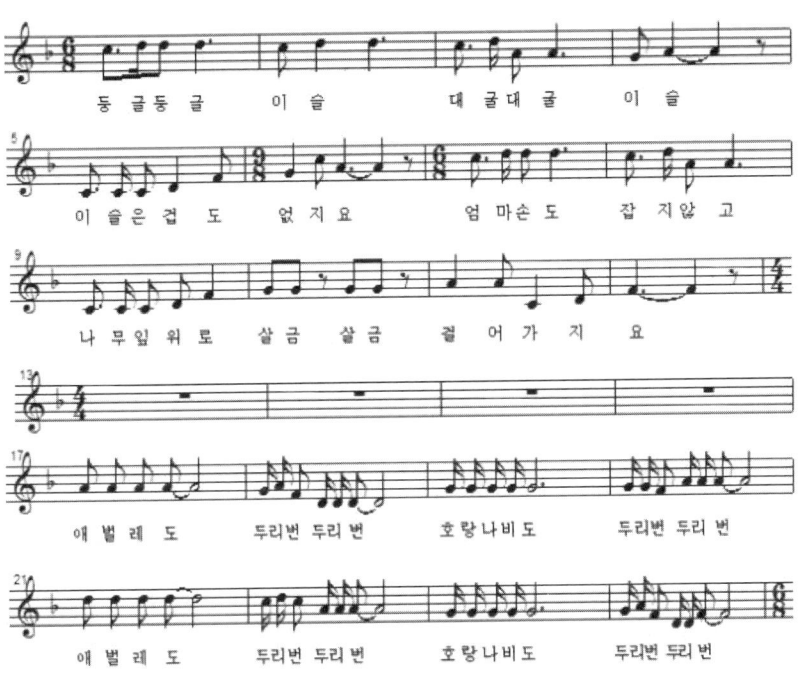

둥글둥글 이 슬   대굴대굴 이 슬

이 슬은 겁 도 없지요   엄 마손 도 잡 지않 고

나 무잎 위 로 살 금 살 금 걸 어 가 지 요

애 벌 레 도 두리번 두리 번   호 랑나 비 도 두리번 두리 번

애 벌 레 도 두리번 두리 번   호 랑나 비 도 두리번 두리 번

씬냉이 꽃

설진환 작곡

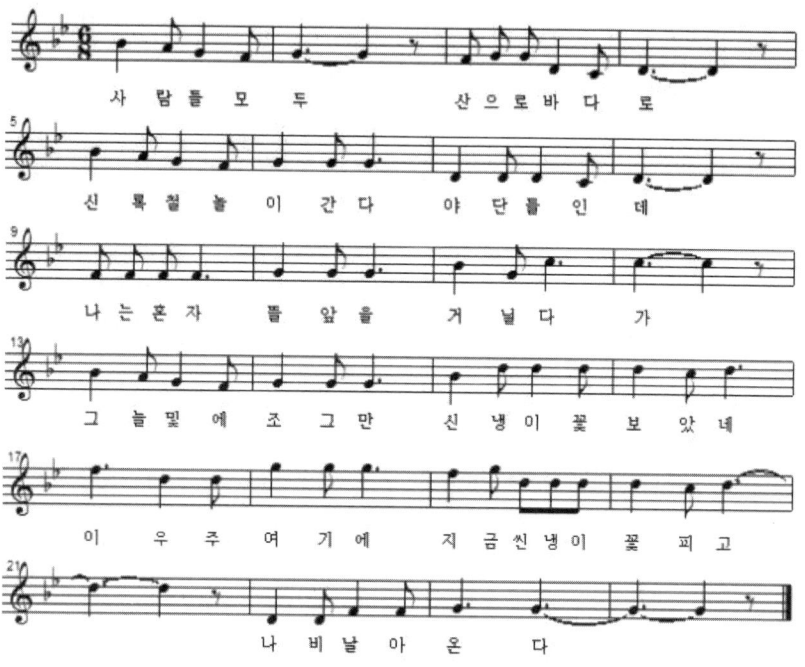

사 람 들 모 두   산 으 로 바 다 로

신 록 철 놀 이 간 다   야 단 들 인 데

나 는 혼 자   뜰 앞 을   거 닐 다   가

그 늘 밑 에 조 그 만   씬 냉 이 꽃 보 았 네

이 우 주 여 기 에   지 금 씬 냉 이 꽃 피 고

나 비 날 아 온   다

자 연 아

설 진 환 작곡

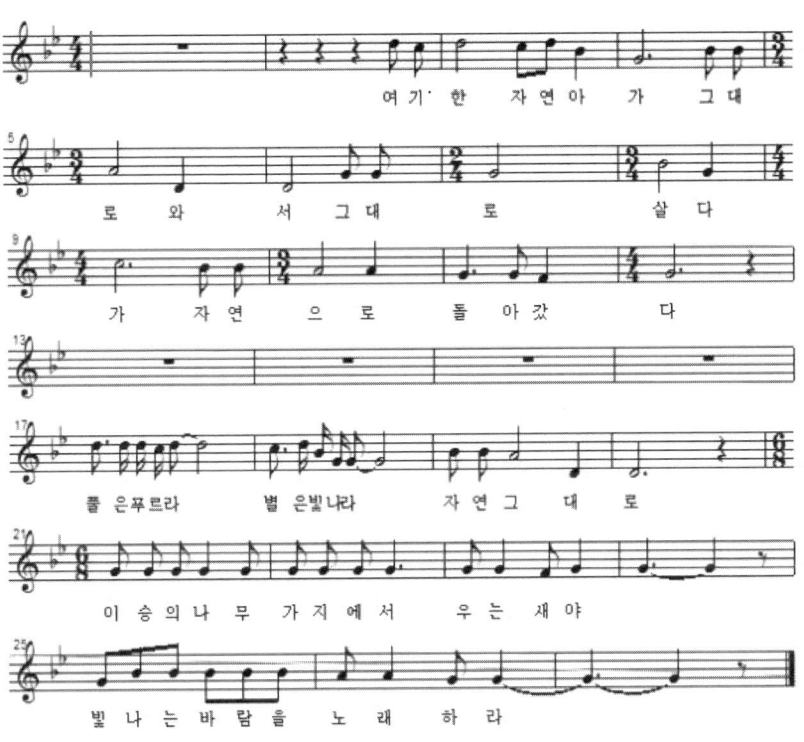

여기 한 자연아 가 그 대
로 와 서 그 대 로 살 다
가 자 연 으 로 돌 아 갔 다
풀 은 푸 르 라 별 은 빛 나 라 자 연 그 대 로
이 승 의 나 무 가 지 에 서 우 는 새 야
빛 나 는 바 람 을 노 래 하 라

자유롭지만 고독하게

설 진 환 작곡

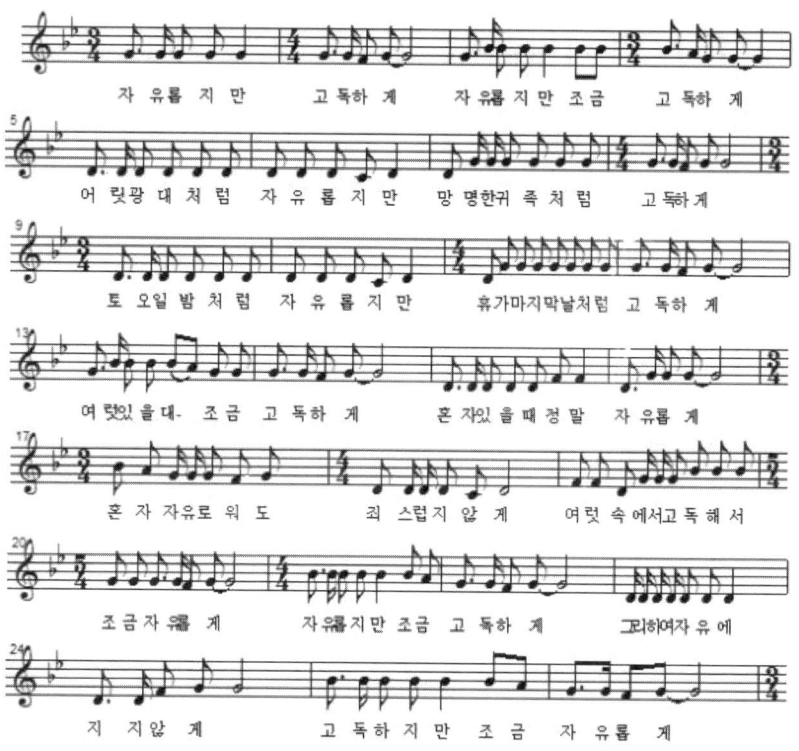

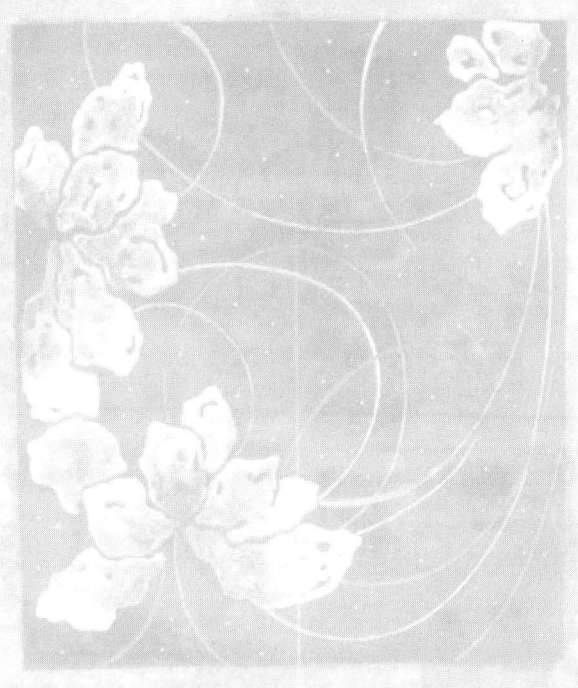

팽이의 춤

팽이의 춤

비평시극, 시와 비평과 연극의 만남

　김수영의 「달나라의 장난」, 황동규의 「나는 바퀴를 보면 굴리고 싶어진다」에 이어 「팽이」를 비롯한 최문자의 여러 편 시와 이희중, 권혁웅, 김수이 등의 문학평론이 적극적으로 활용되는 이 창작극은 2006년 가을 창작된 일종의 희곡으로 발표 당시에는 '비평시극'이라는 이름이 붙었다. 시를 극화한 형태의 연극을 보통은 '시극'이라 부르는데, '시'의 시사적 맥락이나 시 작품에 대한 문학비평적 관점을 극적인 형태로 이 작품에 반영했다는 뜻을 특별히 표하고자 한 까닭이다. 『최문자 시 세계의 지평』(푸른사상, 2006. 11)에 처음 게재했지만, 지금까지 공연 계획이 잡히지 않은 미공연작이다.

여자, 남자, 아이가 등장하는 3인극

　전 3장에 등장하는 인물은 여자, 남자, 아이 등인데, 이들 세 사람은 주로 한 가족이지만 때로는 연인 관계, 이웃 관계, 업무로 만나는 사이 등이 되고 그에 따라 여자는 엄마·시인·교수·사무원, 남자는 아빠·평론가·교수·사무원,

아이는 자식·행인·학생이 되는 등, 모두가 일인 다역을 하게 된다.

일러두기

시 작품이나 평론을 따온 대목은 굵은 글씨 기울임체 글씨로 드러냈고, 각 주에서 출처를 밝혔다.

제1장

골목

겨울 한낮.

빙판 위.

아이가 아까부터 팽이를 돌리려 애쓰고 있다.

팽이를 손으로 힘껏 돌리고 일어나서 팽이채로 팽이를 때리려 하면, 팽이채가 팽이에 가 닿기도 전에 쓰러지고 만다.

여러 차례 시도해 보지만 번번이 실패다.

울상을 짓는 아이.

해가 기울면서 아이의 그림자가 길어졌다.

그래도 아이의 팽이치기는 진전이 없다.

아이의 그림자를 밟고 남자가 나타난다.

남자 애, 그만 놀고 집에 가야지.

아이는 돌아보지 않고 팽이를 돌리는 데 열중한다.
다시 손으로 팽이를 돌리고 얼른 일어나 팽이채를 휘두르는 아이.
이번에도 실패다.

남자 애야, 팽이를 팽이채로 때릴 땐
　　　　팽이가 도는 방향으로 쳐야지.

세상에 그런 걸 모르는 애가 어디에 있나.
아이는 남자 쪽을 힐끔 돌아보았다가 다시 팽이를 돌린다.

남자 팽이채를 바닥에서 30도 각도로 들고
　　　　팽이를 내리칠 땐 15도 각도로 눕혀서

아이는 돌아보지도 않는다.
남자는 어떻게든 자기 말로 설복을 시키려 애를 쓰고.

남자 손으로 팽이를 돌릴 땐
　　　　상체를 숙인 자세에서 손을 앞으로 뻗어
　　　　오른손을 몸 앞으로 힘껏 돌리면서……, 그렇지!

그런 정도를 모르고 팽이를 돌리려 들까.

남자의 말은 아까부터 아이가 하는 행동을 말로 옮기는 것에 불과하다.

남자 팽이가 왜 팽이냐 하면 말이지.
　　(아이가 등을 남자 쪽으로 돌리자
　　아이가 앞쪽으로 자꾸 다가서며)
　　팽이는 원래 뱅뱅 돈다는 뜻이란다.

아이와 남자, 잠시 팽이처럼 무대 위를 돈다.

남자 (아이에게 외면당하고, 근엄한 표정으로 관객들 쪽으로 다가와)
　　모든 사물에는 그 근본이 있고
　　그 근본을 제대로 알아야 그 사물을 제대로 볼 수 있는 법.
　　팽이의 근본을 모르고서
　　어떻게 팽이를 돌릴 수 있단 말인가!
　　(아이가 들으란 듯이)
　　요즘 애들은 도무지 근본을 몰라!

아이 와! (마침내 팽이채 끈을 쳐서 팽이를 돌렸다)

남자 (팽이치기에 성공한 아이를 아랑곳하지 않고 여전히 관객을 향해)
　　팽이치기는,
　　도토리나 상수리처럼 껍질이 딱딱하고
　　모양이 둥글고 길쭉한 열매를

바닥에 놓고 돌리기 시작한 데서 놀이가 되었죠.
사람은 누구나 둥근 걸 보면 굴리고 싶어지잖아요.

아이 (팽이채 끈으로 쳐서 두 번만에 팽이가 쓰러지자 아쉬워하다가
자기 몸을 빙글 하고 팽이처럼 돌려본다.)
히히. (그게 재미있는 듯 자기 몸을 여러 바퀴 돌려본다.)

남자 (갑자기 차렷 자세로 꼿꼿이 서서 기계적인 발성으로 또박또박)
나는 바퀴를 보면 굴리고 싶어진다.
자전거 유모차 리어카의 바퀴
마차의 바퀴
굴러가는 바퀴도 굴리고 싶어진다.
가쁜 언덕길을 오를 때
자동차 바퀴도 굴리고 싶어진다.[2]
(유식한 척 뻐기는 표정을 짓고는 다시 부드럽게)
굴리고 싶을 때는 굴려야죠.
욕망을 채우려면 머리를 써야죠.
나무 열매가 없으면 사람들은
나뭇가지를 깎아서 둥글게 만들어 돌리기도 하고

그 사이 아이는 여러 차례 팽이처럼 도는 시늉을 한다.

---

2 황동규 시 「나는 바퀴를 보면 굴리고 싶어진다」를 활용했다.

마치 팽이를 몸 전체로 이해하려는 듯.

남자 동전이나 단추 같은 것도 팽이로 삼아 돌리기도 하고,
쇠로 팽이를 만들어 돌리기도 했죠.
유리로 팽이를 만든 나라도 있었답니다.
(유리로 팽이를? 말을 하고도 잘 이해가 안 된다는 듯이
중얼거리며 고개를 갸웃갸웃)
팽이를 더 잘 돌리려니 팽이채가 있어야 했구요.
팽이! 팽이! (팽이 치는 흉내를 내보고)
겨울철 빙판 위에서
아이들이 할 수 있는 놀이로는 그만이었죠.

아이 (다시 팽이를 돌리고 재빨리 팽이질! 성공!)
햐, 됐다, 됐어!

남자 팽이란 말의 어원은 핑이.
핑이가 팽이가 되었다는 거죠.
그럼, 핑이가 어떻게 팽이가 되었나.

아이 (팽이질) 히히!

남자 (아이를 보고도 못 본 척하는 여유)
핑이라는 말은 여린말로 빙이라 하죠.

평과 빙은 모두 돈다는 뜻입니다.
빙 글 빙 글 핑 글 핑 글, (말 연습을 시키듯이)
우리 만남은 빙글빙글 돌고 (이건 나미가 부른 대중가요다)
여울져 가는 저 세월 속에
좋아하는 우리 사이 멀어질까 두려워 (노래를 부르다 머쓱해졌다)
빙 빙, 핑 핑, 빙그르르, 핑그르르……

아이 히히 (남자의 말보다 먼저 도는 팽이를 따라가며 팽이채 질)

남자 뱅글뱅글 팽글팽글……
빙, 핑, 뱅, 팽……
여기에 물건을 나타내는 접미사 '이'를 붙이면
빙이, 핑이, 뱅이, 팽이……
팽이란 말은 바로 이런 언어적 역사 속에서 탄생한 것이지요.
(스스로 으쓱해 하는 표정)

아이 (팽이를 치고 한번 돌고, 팽이를 치고 한번 구르고
한번 치고 구르고 한번 치고 돌고……)
히히히 (웃고) 랄랄라 (노래하고, 춤춘다)

아이의 춤은 팽이와 혼연일체가 된다.
날이 어두워지는데,
아이의 춤은 아름답게 빛난다.

이때 무대로 등장한 여자.

춤추는 아이의 모습을 보면 대견하다는 듯, 보기 좋다는 듯 조용한 박수로 호응하고.

간간이 아이를 따라 몸짓을 따라해 보는 여자. 춤을 추는 듯한 여자.

남자도 아이의 춤과, 그 춤에 어우러지는 여자의 그윽한 호응에 취한다.

남자 (혼잣말처럼)

　　사물을 운영하려면 그 근본을 알아야 하고

　　그것이 변천해온 역사와 문화의 전통을 이해해야 하며……

　　(관객들까지 아이의 춤에 빠진 걸 보고

　　얼른 정신을 차리고 본연의 자세로)

　　우리나라에서 하던 팽이치기 놀이가

　　고려 때 일본으로 전해졌지요.

　　그래서 일본에서는 팽이를 고려를 뜻하는 고마라고 불러요.

　　(그러고 보니, 남자는 일제 순사처럼 보이기도 한다.)

　　이 조그만 놀이기구에도 **(그래도 남자는 자못 장엄하다.)**

　　이처럼 엄청난 역사의 비밀이 담겨 있다는 걸 알아야 해요.

아이의 춤이 끝나자 여자와 포옹.

남자를 힐끔 쳐다본 여자, 어쩔 수 없다는 듯 아이를 데리고 퇴장. 퇴장하는 둘의 모습도 춤추는 듯.

남자 (여자와 아이의 행동을 모르는 체하며)

　　뺑이!('빼이'와 비슷한 발음. 소리쳐 놀라게 해 놓고)

　　팽이를 뺑이라 부르는 사람도 있죠.

　　바로, 갱상도 하고도 갱상남도 사람이 그렇고요.

　　경북 일부에서는 핑딩('핑디'와 비슷한 발음), 이렇게 불러요.

　　전라남도에서는 팽돌이를 강하게 발음해서 뺑돌이!

　　이렇게 부르기도 하죠.

　　제주에서는 팽이를 뭐라고 할까요?

　　도래기. 제주에서는 도래기라 합니다.

　　그 밖에도 빼리, 빼새이, 봉애, 포애, 세리……

　　팽이 이름 참 많죠? 그죠?

　　(싸늘한 반응에 그제야 무대 위에 자기 혼자뿐이라는 걸 깨닫는다.)

벌써, 캄캄해졌다.

남자 어디 갔지?

　　(여자와 아이가 사라진 쪽으로 부르는 손짓을 하며 종종걸음)

　　같이 가!

천천히 암전.

186

제2장
공원

봄날의 공원이다.

멀리 삐죽삐죽 솟은 빌딩이 보인다.
빌딩의 어느 벽에 스크린 장치가 되어 있는데, 그게 관객들에게 잘 보이면
좋겠다.

공원 한켠에서 아이가 스케이트 보드를 타고 있다. 아이가 스케이트 보드
를 타는 모양이 빌딩 벽 스크린에 무늬로 나타나는 방식이다.
천천히, 몸을 놀리는 아이.
스크린에 아이의 동작을 팽이가 돌아가는 모습으로 이미지화되는 거다.
아이가 스케이트 보드를 타는 모습이, 팽이가 돌 때 팽이 표면에서 일어나는
색깔 변화처럼 스크린의 변화무쌍한 무늬로 표현된다.[3]

이를테면, 넓은 꽃밭에 무수한 꽃들이 만개하는 동안 온 우주에서 온갖 벌

나비들이 날아드는 형상······

공원이니까, 당연히 사람들이 앉아 쉬었다 가는 벤치 같은 게 있겠지.

아니나다를까, 좀 전까지 남자가 앉아 아이가 노는 걸 보고 있기는 했던 모양인데, 모습이 드러날 때는 남자가 걸려온 휴대전화를 받느라 바쁜 상황.

한 손에는 커피가 든 종이컵이 들렸고. 휴대전화에 결국은 어디론가 다녀와야 하는 남자.

남자가 빠진 그 자리로 여자가 들어서는데, 여자와 눈길이 마주친 남자가 금방 돌아오겠다는 손짓을 한다.

여자도 공책에 뭔가 끼적거리며 오는 터라 남자의 손짓을 본 것 같지도 않다.

벤치에 앉아서도 공책에서 눈을 못 떼던 여자는 잠깐 고개를 들어 아이가 노는 걸 본다.

아이의 유연한 몸놀림.

귀에 대고 있던 휴대전화를 내리며 남자가 등장한다.

---

3 무대 설치 때 스크린 장치를 만들지 않는다면, 아이의 동작으로 이미지를 만들어 간다. 아이가 스케이트 보드를 타는 모습도 실제로 스케이트 보드를 타는 걸로 설정하지 않는다면 타는 동작, 팽이 도는 모습 등을 다양하게 몸 동작과 춤으로 표현한다.

여자 (결국은 감탄한다) 어쩜 저렇게 신기할까!

남자 (여자 곁에 앉으며) 팽이 도는 거 첨 보세요?
(여자가 그럴 나이가 아니라는 걸 놀리는 뜻도 있다.)

여자 (눈 흘기는 시늉을 하고 나서)
잘 도네.

남자 저 정도야 뭐. 난 저것보다 더 잘 돌렸는데.
(잠깐 팽이를 돌리고 치는 시늉)

여자 피!

남자 팽이를 직접 만들기도 했지.

여자 만들기꺼정?

남자 소나무를 깎아서 거기다가 못을 박아서
팽이채로 팽! 그러면 딴 녀석들 팽이로 가서
팍 쓰러뜨리고……
(큰 동작을 한다)

여자 팽! (잠깐은 재밌다는 듯이 쳐다보다가, 잊었다는 듯이 공책 몇 장을

넘겨 보이며)

이건 어떻게 할 건가요?

남자 (팽이 치는 시늉을 멈추는 통에 우스꽝스러워진 몸짓)

　글쎄……, 그건 시간이 필요하죠.

　남자와 여자는 조금 짜증나는 대화를 이어간다.

　그러다 남자는 또 누군가의 전화를 받고 자리를 뜨고, 여자는 황급히 공책을 꺼내 몇 자 적다가, 시계를 보더니 일어나 자리를 뜬다.

　그 빈 자리에 다시 돌아오는 남자. 그때껏 손에 든 종이컵을 우그려 던지고는 지친 듯 고개를 숙인다.

　잠시 어두워진 무대에서 노는 아이 모습이 돋보인다. 이때부터는 아이가 스케이트 보드를 타는 것보다 직접 춤을 추는 것이 좋다. 스크린도 적당히 그 춤추는 모양을 보여주다가 닫히고.

　남자의 자리도 어두워지고.

　춤추는 아이의 모습만이 황홀하다.

남자 (목소리)　팽이가 돈다

　어린아이고 어른이고 살아가는 것이 신기로워

물끄러미 보고 있기를 좋아하는 나의 너무 큰 눈앞에서
아이가 팽이를 돌린다.

아이의 춤이 잠시 멈추는 듯한 기색을 보이자

남자 (목소리) (황급히, 이 낭송은 제대로 안 들려도 좋다)
　　살림을 사는 아이들도 아름다웁듯이/ 노는 아이도 아름다워 보인다고
생각하면서/ 손님으로 온 나는 이집 주인과의 이야기도 잊어버리고/또한번
팽이를 돌려주었으면 하고 원하는 것이다.

아이의 춤이 아예 멎어 버렸다.
어둠 속에 있던 남자가 아이 쪽으로 들어서면서 모습을 드러내고, 언제 무
대에 와 있었는지 여자도 남자 뒤를 따라 모습을 반쯤 드러냈다.

다시 천천히 몸을 움직이는 아이. 이때부터는 스크린이 켜져 빠른 무늬 변
화를 보여주는 것이 좋다. 당초 스크린 설치가 없었다면 끝까지 아이의 빛나
는 춤이 이어져야 한다.

남자 (아이 주변을 빙글빙글 돌아가며)
　　도회 안에서 쫓겨 다니는 듯이 사는
　　나의 일이며
　　어느 소설보다도 신기로운 나의 생활이며
　　모두 다 내던지고

여자 (남자 뒤를 돌고 있다)
　　모두 다 내던지고

남자 (여자 소리에 놀라 멈춰 섰다)
　　점잖이 앉은 나의 나이와 나이가 준 나의 무게를 생각하면서
　　(여자가 따라 하지 않는 것에 안심하며)
　　정말 속임 없는 눈으로
　　지금 팽이가 도는 것을 본다.

여자 (얼른 따라서)
　　정말 속임 없는 눈으로
　　지금 팽이가 도는 것을 본다.

　　잠시, 아이의 춤이 멎고. 스크린도 정지.

남자, 여자 그러면 팽이가 까맣게 변하여 서서 있는 것이다.

　　잠시, 모든 것이 정지되었다가.

남자 (천천히 시작해서 빠르게)
　　누구 집을 가 보아도 나 사는 곳보다는 여유가 있고
　　바쁘지도 않으니
　　마치 별세계같이 보인다.

192

팽이가 돈다.
팽이가 돈다.

모두 캄캄해지고, 다시 아이의 춤만 보인다.

남자(목소리) *팽이 밑바닥에 끈을 돌려 매이니 이상하고*
    손가락 사이에 끈을 한끝 잡고 방바닥에 내어던지니
    소리 없이 회색빛으로 도는 것이
    오래 보지 못한 달나라의 장난 같다.
    팽이가 돈다.

여자 (목소리만으로) *팽이가 돈다.*

갑자기 조명 아래로 드러나 아이의 춤에 어울려 춤을 추기 시작하는 여자.
아이와 여자가 만드는 춤이 이어진다.

남자(목소리) (아주 빨라 아무도 알아들을 수 없을 정도로)
    팽이가 돌면서 나를 울린다 / 제트기 벽화밑의 나보다 더 뚱뚱한 주인
앞에서 / 나는 결코 울어야 할 사람은 아니며 / 영원히 나 자신을 고쳐가야
할 운명과 사명에 놓여있는 이 밤에 / 나는 한사코 방심조차 하여서는 아
니 될 터인데 / 팽이는 나를 비웃는 듯이 돌고 있다 / 비행기 프로펠러보다
는 팽이가 기억이 멀고 / 강한 것보다는 약한 것이 더 많은 나의 착한 마음
이기에 / 팽이는 지금 수천 년 전의 성인과 같이 / 내 앞에서 돈다 / 생각하

면 서러운 것인데 / 너도 나도 스스로 도는 힘을 위하여 / 공통된 그 무엇을 위하여 울어서는 아니 된다는 듯이 / 서서 돌고 있는 것인가.

남자 (갑자기 모습을 드러낸다. 아이와 여자의 춤에 취했다는 표정이다)
　　 팽이가 돈다!

여자 팽이가 돈다!

아이 팽이가 돈다!

남자 (아이의 반응에 놀라 얼떨결에 또) 팽이가 돈다!

여자 (덩달아) 팽이가 돈다!

아이, 여자, 남자(함께) (기쁜 표정이다) 팽이가 돈다. (반복한다) 팽이가 돈다.[4]

　　 남자가 춤판으로 뛰어들자, 여자가 뒤로 물러난다.
　　 아이와 남자의 춤을 빙글빙글 돌면서 지켜보는 여자.

　　 이번에는 여자가 뛰어들자 남자가 빠지고,

---

4 제2장에서 기울임체로 표기된 글은 모두 김수영의 「달나라의 장난」 전문을 활용한 것이다. 일부 시행만 중복해서 대사로 썼을 뿐, 가감한 것 없이 그대로다. 단, 표기법은 현대의 원칙에 따랐다.

조금 뒤 남자가 뛰어들자 여자가 빠지고,

조금 뒤 여자가 뛰어들자 남자가 빠지고,

그러다가 여자와 남자가 팽이처럼 춤을 추고 아이가 뒤로 빠지기도 한다.

뒤로 빠져나와 남자와 여자가 춤을 추는 걸 보며 잠시 어이없다는 표정을
짓는 아이.

그러나 아이도 그 춤에 취해 뛰어들고,

다시, 여자가, 남자가, 서로 교대로 아이와 춤을 추고

간간이는 셋이 함께 춤을 추기도 한다.

그러는 동안, 지상 최대의 무늬 쇼처럼 돌아가는 스크린의 이미지.

서서히, 천천히 어두워지는 무대.

제3장
집

불이 켜지면, 신문이나 잡지나 광고 전단지 등을 마구 오려서 붙인 거대한 벽이 무대 배경이다.

부분 조명이 그 벽을 듬성듬성 훑어간다.

벽에 붙은 조각난 종이는 주로 사람들의 얼굴이나 사건 기사들이다. 농염한 여배우나 멋진 남자배우는 기본. 연예인 합성사진 같은 것도 좋다.

익히 아는 대통령 사진도 있고, 김정일 사진도 있고, 범인, 형사, 애한테 절 물리는 여자, 선글래스 쓰고 이어폰 꽂은 남자, 팽이 치는 아이, 그 중에는 남자와 여자와 아이도 있다.

사건 기사는 별 의미 없는 글자들을 보여주는 틈틈이 여성, 주부, 육아, 맞벌이 등에 관한 글자가 슬쩍슬쩍 드러나는 정도.

부분 조명은 불규칙하고 갑작스럽게 빛을 뿜는다. 그에 따라 벽의 사진과 글자들이 기이한 형상으로 드러난다.

잔인한 장면도 있고 우스꽝스러운 사진도 있고, 그냥 평범한 사진도 있다.

글자들이 뒤죽박죽 조립된다.

우리가 참 다양한 걸 경험하고 사는구나, 고통과 욕망과 얼핏얼핏 찾아드는 희열 속에서 사는 게 인생이구나 하는 느낌이 들면 되겠다.

그 조명에 무대 앞쪽에 있던 여자의 모습이 얼핏얼핏 드러난다.

여자는 아까부터 조명등의 움직임을 따라 몸짓을 하고 있었던 거다. 그 벽속 사진과 함께 인생을 살아온 듯한, 그 벽에다 자신의 삶을 새겨 넣는 듯한, 그 벽에다 시를 쓰는 듯한 표정과 동작이었다.

그러고 보니, 그 벽은 땅 위에도 있다.

실은 땅에도 벽과 똑같은 사진과 글자들이 있었다. 조명등을 이용해 여자의 몸 위로 사진과 글자들이 새겨지도록 한다.

그게 아니라면 벽 그림자가 여자의 몸과 땅에 어른거리는 장치도 괜찮다.

여자가 벽을 보고 움직이는 동작은 마치 땅 위에다 글자를 새기는 듯한 움직임이 된다.

그렇다, 여자는 땅 위에다 시를 쓰고 있는 거다!

여자 (목소리) *나는*

땅바닥에 대고 시를 써왔다.

돌짝도 흙덩이도 부서진 사금파리도

그대로 찍혀 나오는
울퉁불퉁했던 것들.
삐뚤삐뚤한 한글 자모가 나가고
미어진 종이 위에서
연필은 몇 자 못 쓰고 부러졌다.
시에서 지금지금 흙부스러기가 씹혔다.
죽었던 내 부스러기들이 씹혔다.[5]

　무대 한쪽에 안경을 쓰고 손에 책을 든 남자가 등장해 있다. 여자가 하는 동작을 한동안 지긋이 보고 있다가 고개를 끄덕이며 이해가 된다는 듯이 고개를 끄덕이고 한다.

　남자, 천천히 무대 한 켠에 똑바로 서서 관객을 향한다.
　이때부터 남자는 비평가 또는 교수가 되고, 관객은 독자 또는 학생이 된다.

남자　「서쪽산」이라는 연작시가 있지요.
　　　그 중 첫 번째 시에 이런 구절이 있어요.
　　　끝없는 벌판에서, 나도
　　　벌레처럼 詩에다 구멍을 내고 있는 사이
　　　날개 단 시인들은 서쪽산을 넘어갔다.[6]
　　　이 시에서, 시인들이 날개를 달고 서쪽산을 넘어간다는 게

5 최문자 「땅에다 쓴 시」의 두 개 연 중 첫 연 전문이다.
6 최문자의 시 「서쪽산」의 일부다.

실재하는 모습일 수 없겠죠?

즉, 서쪽산이며 그 산을 날개를 단 시인들이 넘어가는 것,

또, 시에다 구멍을 내는 시인……

이건 실재하는 풍경이 아니라,

시인의 내면을 이미지화한 관념의 풍경일 테죠.[7]

(이 남자, 자상도 하셔라.

문학작품을 설명하는 목소리가 이렇게 은은하다니!)

여자 (목소리) (남자가 강의를 하는 사이에도 희미하게 동작을 하면서 빠르게
중얼거리는 소리) 더 이상 세상에 매달리지 못하는 것들은/모두 땅바닥
에 와 있었다./죽은 꽃잎에 대고/죽은 사과알에 대고/작은 새의 죽은 눈
언저리에 대고/꾹꾹 눌러 썼다.[8] (쓰러진다.)

남자 여기 서쪽산과 그 산을 넘어간 시인들과

그리고 아직 끝없는 벌판에서 시에다 벌레처럼

구멍이나 내고 있는 시인의 관계를 생각해 볼 수 있어요.

이거 중요합니다. 이거 수능에, 아니, 기말고사에, 아니,

특목고 시험에, 아니, 공무원 시험에, 아니아니

아무데도 안 나옵니다 (오, 이런 유머까지!).

그래서 더 중요한 겁니다.

우리 시단에는 두 부류가 있어요. 저기 보세요.

---

7 김수이의 평론 「고통을 내장한 '사랑'의 존재론」에서 거의 그대로 옮긴 말이다.
8 앞 「땅에다 쓴 시」에서 이어지는 부분.

(글자와 사진으로 그득한 벽과 땅을 가리키다가
그 너머 있는 곳까지로 손가락질을 해 댄다.)
저길 지나, 저 산 너머로 가는 시인과
저 산 너머로는 도저히 못 가는 시인. 이렇게 두 부류.
대부분은 다 산 너머 갑니다. 왜냐구요?
저 복잡한 현실을 보세요. 저기서 어떻게 살겠어요?
벗어나야죠. 세상살이는 그렇다 하더라도
적어도 마음에서는 벗어나고 시에서는 그래야지요.
그래서 우리 마음은 휴일처럼,
시인은 우리 마음처럼 저길
건너가고 지나가고 부대끼다 가고 그냥 가고
빨리 가고 천천히 가고 먼저 가고 나중 가고
여행 가는 것처럼, 그 너머가 집인 것처럼,
그렇게 가는 겁니다.
남녀불문, 나이 든 사람은 다 갑니다.
젊은 사람 중에도 애늙은이들은 갑니다.
젊거나 늙거나 간에 팔짱끼고
세상 구경해 버릇한 사람은 갑니다.
유식하게 말해 초월하고 관조하는 자들은
다 서쪽산 너머로 갑니다.
그럼 누가 못 가느냐구요?
아픈 사람,
아직 아픔의 현장에 있어서 그걸 벗어나기 힘든 사람.

악으로 깡으로 그 아픔을 현장에서 버텨내고 있는 사람.

산전수전 다 겪은 데도 아직도 수전산전인 사람.

그래서 변함없이 세상의 고통을

'생으로' 앓는[9] 사람으로 남아 있는 시인.

이 시는 바로 그런 사람의 시예요.

우리 시단에서 점점 드물어지는 시예요.

여자 (목소리) (빠르게) 우드득우드득/무릎 관절 맞추어 붙이며/죽은 것들이 일어섰다./(쓰러진 몸을 일으킨다. 몸이 비틀거린다)지금도 나는 흙바닥에 대고 시를 쓴다./죽음도 사랑도 절망도 솟구치며 찍혀 나오는/미어지는 종이 위에 꾹꾹

(힘겨워 천천히)

눌러쓴다.

몇 자 못 쓰고

부러지는 연필 끝에

침 대신 두근거리는 피를 바른다.

시에서 늘 비린내가 풍겼다.[10]

(간신히 일어서고 있다.)

남자의 해설과 여자의 목소리를 가르며 아이가 급하게 책 읽는 목소리가

---

9 김수이의 앞의 글에 나오는 말이다.
10 최문자의 「땅에다 쓴 시」 둘째 연을 임의대로 나누어서 원문 그대로 활용했다(기울임체로 표기).

202

들린다. 오늘 시험을 치러 학교에 가는 학생의 아침 모습이다.

아이 (목소리에 이어,

책가방을 매고 종이쪽지 한 장을 들고 등장하며 숨가쁜 음성으로)

사랑은 관계의 형식이다. 사랑에는 내가 있고 대상이 있으며 둘 사이의
소통이 있다. 최문자 시의 대상이 부재하는 대상이라는 지적은, 이 관계가
늘 무화(無化)로 환원될 위험성과 무한(無限)으로 확장될 모험성을 함께 가
지고 있다는 뜻이다. 최문자 시의 주체는 늘 최초의 자신으로 돌아가야 하
며, 그렇게 처음으로 돌아오면서 그 동안의 모든 편력을 제 몸에 기록해
둔다.[11]

(맥이 풀린다는 듯) 이거 외워도 외워도 뭔 소린지 알 수가 없네.

사랑은 관계의 형식이다.

사랑에는 내가 있고 대상이 있으며……

그렇지, 사랑은 나하고 남하고, 그래 둘 사이에 소통,

그래 소통하는 거지.

(팔을 벌려 두 사람을 만들고 그 둘이 마주쳐 손뼉!)

그런데 최문자 시의 대상이 부재하는 대상이라는 게

이게 뭔 소리야?

이 관계가, 그러니까 나와 너, 남자와 여자, 주체와 대상

뭐 그런 관계가?

이 관계가 늘 무화로 환원될 위험성과

---

11 권혁웅의 평론 「살아남은 자의 슬픔」에서 최문자의 시 「외출」을 해석하고 있는 대목의 일부
를 그대로 따온 말이다. 그 아래도 기울임체로 같은 말을 반복해서 활용한다.

무한으로 확장될 모험성?

이건 그러니까, 사랑은 있는데 사랑하는 대상이 없고……

아이, 나, 참,

(짜증스럽다는 듯)

대상이 없는데 무슨 사랑이 되냐구요, 글쎄……

(종이쪽지를 잠깐 보다가 조금은 깨달은 것 있다는 듯)

아하, 대상이 없으니까 내가 그 대상이 된다는 거…… 아하

그 사랑이 무화, 그리고 무한이라…… **(뭔가 곱씹는 듯하다가)**

아이 씨, 시가 어려운 거야, 해석이 어려운 거야, 이거!

문학 선생이 미친 거 아냐,

이런 걸 왜 시험 범위에 넣어가지고……

어? 근데 이거 무슨 시를 해석한 거였더라?

(다급하게 가방을 열며 시집을 찾는 시늉. 다시 가방을 덮고)

아이 씨, 늦었네, 늦었어. 무조건 외우고 보자.

사랑은 관계의 형식이다. 사랑에는 내가 있고 대상이 있으며 둘 사이의 소통이 있다. 최문자 시의 대상이 부재하는 대상이라는 지적은, 이 관계가 늘 무화로 환원될 위험성과 무한으로 확장될 모험성을……

아이, 집 밖으로 뛰어나가는 동작.

남자 (아이가 하는 양을 보고 있다가 책을 떨어뜨리듯이 내리며, 큰소리로!)

아, 이제 그만 좀 하지!

(그 자상하던 해설자 모습은 없고)

동작을 멈추는 여자와 아이.

여자 (언제 그랬냐는 듯이, 돌아서 있다.)
　　자, 밥 먹자!

　잠깐 암전.

　무대는 따분하면서도 바쁘게 살아가는 세 사람의 일상 공간을 다채롭게
그려줄 준비를 하고.

　불이 켜지면 여자가 무대 밖으로 뛰듯이 나갔다가 아이와 함께 밥상을 들
고 온다. 남자는 벽을 보고 쿵쿵거리고 웃고 고개를 절레절레 흔들고 하다가,
들어온 밥상 앞에 앉고.
　잠깐 암전.

　겨울. 아이가 팽이를 치며 놀고 있고, 여자는 벽에다 빨래들 널고 있다.
　잠깐 암전.

　봄. 좀전과 똑같은 밥상. 식사하는 세 사람.
　잠깐 암전.

　여름. 외출하는 세 식구. 사랑스럽게 아이를 보듬는 여자. 남자의 뒷태도 봐

주고. 포근한 손길.

　　잠깐 암전.

　　가을. 남자(벌써 다른 사람으로 분장했군)와 만나는 여자.

　　잠깐 암전.

　　겨울. 아이(다른 집 아이로 분장했다)에게 뭔가 부지런히 가르쳐 주는 여자.

　　봄. 좀전과 똑같은 밥상. 식사하는 세 사람. 아이의 그릇에 밥을 더 얹어주는 여자. 여자의 입에 밥을 퍼 넣어 주려는 남자. 눈을 흘기는 여자.

여자(목소리) *세상이 나를 질겅질겅 밟고 지나가는 말밥굽 같은 식사.*[12]

아이 뭐라구 했어, 엄마?

여자 (아주 밝은 표정)
　　된장찌개, 맛있다. 그치?

남자 웬 자화자찬?

---

[12] 최문자의 「위험한 식사」 중 한 행.

206

여자 당신은 맛이 없나?

표정이 왜 그래?

남자 (당황) 아, 아니,

너무 맛있으니까 그렇지.

여자 (목소리) *거품 물듯 흰 밥알 한 입 물 때마다*

이빨과 이빨 사이에서 와와, 흩어지던 으깨진 희망.[13]

아이(남자) 뭐라구 엄마(당신)?

잠깐 암전.

어느 회사의 탁자에 둘러앉은 세 사람.

아이 나와 대상의 관계에서 둘 간의 소통이, 뭐더라?

대상이 없으니까 내가, 뭐더라?

남자 대상이 없으면 내가 대상이라고 설정해야

일이 된다는 말씀이시지요?

---

13 위 시 중 두 행.

여자 (직접 소리를 낸다) *한 점 하얗게 있어야 할 자리까지*
함부로 먹칠한
검정 꿈에 빠진 까마귀[14]

아이, 남자 예? 뭐라구요?

암전. 다시 불이 켜지고.

공원 벤치에 앉은 여자와 남자. 다정한 연인 사이.

남자 (여자의 얼굴을 두 손으로 감싸 쥐고)
나만 보면 되지, 무슨 생각을 하고 있어.

여자 (두 손으로 남자의 손을 포개 잡으며)
내가 누굴 봐.
이 세상 어딜 가도 내 눈에는 오빠밖에 안 보이는 걸.

둘이 마주보는 사이

여자 (목소리) *내 뒤에는*
고통만 지나가는 길이 있다

---

14 최문자의 「꿈에 빠진 까마귀」에서

저기

저기

먼지가 끌고 오는 버스를 타고 오다

수북하게 내리는

푸른 고통들[15]

암전. 어둠 속에서.

남자 (목소리) (속삭이듯) 자기야!

아이 (목소리) 엄마!

남자 (목소리) 여보!

아이 (목소리) 교수님!

남자 (목소리) 아, 글쎄 장로님 그건⋯⋯

아이, 남자 (목소리가 뒤섞인다) 선생님, 아줌마, 당신, 손님, 할머니, 다음 환자 들어오세요, 밥 주세요. 이제 그만 자자구, 여보세요, 최문자 시인 계세요?, 내일 교회에서 만나요, 원고 어떻게 됐어

---

15 최문자의 시 「소돔과 고모라」에서

요? 그렇게 하시면 안 되죠, 내일 위 내시경 검사 시간 확인드
려요, 무슨 사고가 났나 왜 이렇게 밀려? 2학기 시간틉니다, 도
시락 없어? 박교수가 학꽐 옮겼다구? 엄마, 밥 타! 무슨 긴급회
의야? 수술해야겠어요…… (들려오는 온갖 소리, 때로는 아이와 남
자가 서로 역할도 바꾸어 마구)

여자를 가운데 두고, 아이와 남자가 빙글빙글 돌면서 소리 지르는 장면이
간간이 비친 조명등 아래 드러난다. 아이와 남자는 좀 전의 시 해설들을 반복
해서 내질러도 좋다.

아이 (종이쪽지를 보다 말다 하면서 빠르게 읽듯이) 시인은 현실의 삶에서는
많은 행복을 가진 사람이다. 오래 믿어 온 신앙, 다 성장한 자녀, 안정된
가정, 노동의 즐거움을 주는 안정된 직업들을 그는 가지고 있다. 그러나
그는 시에서 주로 갈등과 상실과 불행을 말한다. 다만 연륜의 조절을 받
아 위태롭거나 격렬하게 드러나지는 않을 뿐이다. 그의 시에 등장하는
화자는 출렁이는 삶의 풍랑 위에 있다. 스스로를 속이지 않는 자는 나아
와 형편에 상관없이 자신의 삶이 출렁이는 물결 위에 있다고 생각하는
법이다.[16]

남자 (아이의 빠르게 읽기와 함께,
   안경을 벗었다 썼다 하면서 천천히 기계적인 어조로)

---

16 이희중이 쓴 최문자 시에 대한 평론 「푸른 바닷속에 잠긴 말」에서 한 대목을 그대로 땄다.

우선, 세상이 주는 고통을
시라는 이름을 쉽게 뛰어넘으려 하지 않는다는 점.
이게 기본적인 특징이고요,
다음으로, 그 고통에 부딪치는 양상에서
내면적 경험과 상처가 복합적으로 작용한다는 점.
이게 중요합니다.
이 지점에서 이 시인의 시는 전통 서정양식에서 벗어나고
모성성이나 여성 각성의 의미를 담는
다른 여성시와도 구별되는 영역을 이룹니다.
이게 이 시인의 시인다움이죠.
이는 한국 시에서도 그렇거니와
특히 여성 시의 중요한 영역을 차지한다는 점에서
더욱 주목해야 합니다.

　이리저리 무대 위를 비추던 조명등이 한가운데로 향하자, 앉아 기도하는
여자의 모습이 뚜렷하다. 무대 벽과 바닥의 글자와 사진은 여전히 여자의 몸
에 비치고.

여자 (천천히 객석의 허공을 향해 돌아서서, 한동안의 침묵을 견디다가)
　　세상이 꽁꽁 얼어붙었습니다, 하나님.
　　팽이 치러 나오세요.
　　무명타래 얽은 줄로 나를 챙챙 감았다가
　　(서서히 시의 의미를 좇아 몸을 움직이며)

얼음판 위에 휙 내던지고, 괜찮아요,

무대 양쪽에서 모습을 드러내는 아이와 남자. 평론의 문구들을 작게 중얼거린다. 조금씩 여자의 움직임 주위를 빙글빙글 돈다.

여자 *심장을 갈기세요.*
죽었다가도 일어설게요.
뺨을 맞고 하얘진 얼굴로,
아무 기둥도 없이 서 있는
이게,
선 줄 알면
다시 쓰러지는 이게
제 사랑입니다, 하나님.[17]

여자, 본격적으로 춤을 추기 시작한다. 아이와 남자가 그 주변을 돈다.

여자의 목소리로 시가 반복되고, 아이와 남자는 주술을 외듯 평론을 중얼거리며 격렬하게 춤을 춘다.

벽과 땅의 사진과 글씨들이 그 위에 어른거린다.

암전.

---

17 최문자의 「팽이」 전문을 그대로 따와 두 대목으로 나누어 옮겼다.